독일 미감

박선영 지음

독일 미감

모요사

프롤로그

독일 곳곳에 내재한 매혹들

"왜 독일로만 여행을 가세요?"

지인들이 늘 내게 던지는 질문이다. 그도 그럴 것이 지난 2015년부터 수년 동안 독일로 여행을 꽤 자주 갔었다. 매번 석 달 정도 머무는 긴 여정이었다. 베를린에서 한 달 남짓 지내고, 남독일의 뮌헨으로 내려가 호숫가에서 유유히 쉬다가, 다시 서쪽으로 올라가 쾰른, 뒤셀도르프, 뮌스터에 이르는 '아트 여행'을 이어가곤 했다.

나는 왜 자꾸만 독일로 향하는 걸까? 독일을 좋아하는 이유, 어쩌면 매번의 여정은 그 실마리를 찾아가는 도전이기도 했다.

언젠가부터 편애해온 요한 제바스티안 바흐, 그의 음악은 단순히 멜로디와 감성을 넘어선 하나의 질서이자 우주로 다가왔다. 토마스 만의 『토니오 크뢰거』와 『베네치아에서의 죽음』은 또 어떤가. 예술가의 열망과 한 사회에 속한 시민의 성실하고 단단한 삶을 비교해 서술해 나간 그의 문장은 빈틈없이 빛나는 조각 그 자체였다. 토니오와 아센바흐는 흔들림 없는 내면의 자아이자 동시에 감정에 의해 비틀거리기도 하는, 독일인의 전형으로 보였다.

또 나의 이끌림은 바우하우스로 향했다. 20세기 초반, 전후 재건을 위해 탄생한 현대예술 교육의 산실인 바우하우스는, 절대적인 강령과 파격적인 커리큘럼으로도 큰 영감을 주었다. 그들이 남긴 건축과 가구, 디자인 그리고 형태와 선을 향한 새로운 관점은 현대를 살고 있는 우리들에게 미치는 영향이 절대적이라는 점에서 더욱 그러하다.

그런가 하면 이와 대조적으로 에른스트 루트비히 키르히너, 에리히 헤켈, 에밀 놀데가 뜨겁게 조우한 20세기 초반의 다리파는 또 어떠한가. 함께 모여 숲으로 들어가 문명의 옷을 벗고 본능적 표현을 갈구하는가 하면, 도시로 나와서는 고립과 갈등, 억압의 풍경을 화폭으로 폭로한 그들에게서는 그 옛날 신비주의적 경향마저 느껴진다.

우리의 커다란 편견과 달리, 하나로 규정되지 않는 다채로운 미학이 독일 곳곳에 흩어져 있음을 오랫동안 독일을 여행하며 깨달았다.

그럼에도 불구하고 그 미감과 아름다운 모양새를 애써 드러낸다든가 관광 상품이나 브랜드로 포장하지 않고 있는 그대로 보여주는 방식 또한 '독일적'인 것으로 느껴져 나는 늘 흡족했다.

이 책은 수년간의 독일 여행을 정리하며 내게 사적인 울림을 주었던 공간과 사람, 예술에 대하여 다루고 있다. 독일 여행이나 생활에 유용한 일반적인 정보를 나열한 것이 아니기에 친절한 트래블 북은 아니다. 이 책이 누구에게든 독일에 덧씌워진 편견의 꺼풀을 걷어내는 계기가 되기를 바란다.

이리 오라고 손짓하는 내밀한 공간, 좋은 감각을 향유하며 살아가는 사람들, 일상과 나란한 예술 행위가 도사리고 있는 독일…. 그 매력을 되짚으며 나는 또 다음의 무언가를 갈망한다. 이 순간 독일의 다음, 혹은 독일에서 파생된 어떤 현상과 사물들이 조금씩 나를 매혹하는 것이 감지되고 있다.

2022년 가을

박선영

차례

빛이 된 종이

천장을 올려다본다. 주름진 새하얀 종이가 비정형의 곡선을 그리며 매달려 있다. 거대하게. 작은 종이를 접어 수없이 붙여 나가면 저런 형상을 그려낼 수 있구나. 내 친구 샛별이 만든 램프 '수수susu'. 불이 켜지면 더욱 근사해진다. 유리나 메탈 셰이드(금속 갓)처럼 빛을 떨어뜨려 비추기보다 빛을 머금어서 실내를 밝혀주는 느낌이다.

그녀는 십 년째 한지와 얇은 주름 종이로 조명을 만들고 있다. 그녀가 창조한 빛 조형물은 '오리히트oh-licht'라고 불린다. 그녀의 성 오oh와 독일어로 빛이라는 뜻의 리히트Licht를 합성해 붙인 이름이다. 이제는 제법 많은 유럽 고객들이 주문을 하고 기꺼이 몇 달을 기다릴 만큼 인기가 좋다.

우리가 처음 만난 건 2015년 여름 베를린에서였다. 그녀는 사비니 광장Savigny Platz의 어느 인도 식당에 자전거를 타고 나타나서 "저는 등을 만들어요"라는 한마디로 자신을 소개했다.

며칠 뒤 그녀의 집에서 본 오리히트의 조명은, 모더니즘 디자인에 심취해 있던 내가 자연스레 상상한 것과는 사뭇 달랐다. 둥그

스름한 테이블 램프는 완벽한 원형이 아니라 살짝 이지러진 달 항아리 같았다. 등 종이의 연약한 뉘앙스는 반복해 바른 풀칠이 마르며 견고한 질감으로 변형되어 있었다. 수수하면서도 듬쑥한, 정감 있는 모양새였다. 한지가 만들어낸 예상치 못한 조형. 오랜 독일 생활이 그녀로 하여금 자신의 오리진을 탐색할 기회를 제공한 것일까?

그녀는 한국에서 때마다 가져간 도자기들에 샐러드와 콜드 파스타를 그윽하게 담아냈다. 복도 한쪽에 걸린 족자는 지어진 지 백 년이 넘은 알트바우◆에서 새로운 미감을 드러내고 있었다. 한국적인 요소가 곳곳에 은유적으로 배어 있어서인지 주방에 놓인 덴마크의 그릇장마저 조선 시대의 목가구로 보일 정도였다.

그녀가 램프를 만들기 시작한 건 질트Sylt에 살던 무렵이었다. 질트는 덴마크와 국경을 접한 작은 섬으로, 독일에서 부자들의 거주 밀도가 가장 높은 곳이다. 부를 과시하지 않는 것을 미덕으로 여기는 독일인이지만, 이곳에서만큼은 숨은 과시욕이 허용되는 듯싶다.

"유럽의 부자들은 대개 따듯하고 자연의 결실이 풍요로운 곳으로 가는데, 질트로 부자들이 모이는 이유를 아직도 모르겠어. 날씨도 좋지 않고, 특유의 멜랑콜리가 섬을 온통 지배하고 있는데 말이야."

대체로 고급 주택에 거주하는 질트의 부자들은 은퇴 후 올드 스포츠카를 타고 황량하고 아름다운 풍광을 누비며 미슐랭 레스토

◆ 독일에는 신축 집을 뜻하는 '노이바우Neubau'와 오래된 건물을 뜻하는 '알트바우Altbau'가 있다.

랑에서 미식을 즐기는 전형적인 삶을 산다. 그러나 샛별에게 그곳의 일상은 지루하고 무의미했다. 오히려 거친 파도와 단단한 암석이 펼쳐내는 북독일 특유의 매혹적인 풍경이 아이러니하게도 그녀의 창작 욕구에 불을 지폈다.

"북독일은 유독 흐린 날이 많고 해가 짧아서 집에 많은 조명을 두고 살아. 어두워지면 온 방 안의 조명을 켜기에 바쁘지. 근데 정작 내 마음에 드는 조명은 없더라고. 마침 한국에서 가져온 한지를 만지작거려 등을 하나 만들어 걸어뒀는데, 그걸 본 친구들이 자기 것도 하나 만들어달라고 하는 거야."

언제부턴가 나의 독일 여행은 늘 샤를로텐부르크에 있는 그녀의 집에서 시작되었다. 긴 여행의 베이스캠프이자 여정의 서막을 여는 것처럼 말이다.

그녀의 집으로 들어가는 통로엔 집주인이 정성껏 가꾼 작은 정원이 있다. 탐스러운 분홍 수국과 장미 나무가 크고 작은 초록의 화분과 조화로운 풍경을 펼쳐낸다. 넓은 중정에서는 이 건물의 주민이라면 누구나 테이블에서 여유롭게 한밤의 와인을 음미할 수 있고, 밝은 낮에는 아이들과 함께 모래놀이를 즐길 수 있다.

일상에서 식물의 풍요로움을 만끽할 수 있는 이곳에서는 사소한 것마저 좋았다. 벌거벗은 아이들이 호스에서 뿜어 나오는 차가운 물에 온몸을 적시며 마냥 즐거워하는 장면은 한 폭의 회화처럼 느껴지기까지 했다.

어느 해 여름, 웰컴 플라워까지 꽂아놓은 그녀의 방을 다시 방문했다. 짐을 풀고 느긋하게 책을 꺼내는 나를 흘깃 보고는 그녀가 말한다.

“다와다 요코네? 얼마 전에 그녀가 내 등을 주문했는데. 그녀의 집에도 다녀왔고.”

다와다 요코, 그녀가 누구인가. 시베리아 횡단열차를 타고 훌쩍 독일로 건너와 살고 있는 작가가 아닌가. 낯선 언어와 불안정한 생활의 경험에 천착해 모국어와 독일어의 이중 언어로 글을 쓰는 그녀는, 내게 동경의 대상이자 때로 저 너머의 환상처럼 다가오는 실존이기도 하다.

친구는 서두를 너무도 덤덤하게 꺼냈지만, 나는 내심 흥분하지 않을 수 없었다. 하지만 흥분의 기색을 감추고 다음 이야기에 귀를 기울였다.

“질트에 살 때 다와다 요코의 낭독회에 간 적이 있는데, 아시아 사람이 나 혼자뿐이어서 자연스럽게 얘기를 나누게 됐어. 베를린에 돌아와 요코가 내 작업실에 놀러 왔고, 얼마 전엔 이사를 하면서 내 램프를 두 개 주문했지. 예상과 달리 강렬한 컬러를 좋아하는지 빨간색과 파란색을 선택하던데?”

작가는 마치 살아 있는 생명체처럼 느껴진다며, 램프의 생동감에 무척 만족스러워했다고 한다.

이 모든 이야기를 나누고 있는 그녀의 방, 그리고 램프 불빛….
주변이 어두워지니 빛의 존재는 더욱 커진다.

소설『여름은 오래 그곳에 남아』에서 무라이 슌스케 선생은 “램프에만 의지하는 밤도 좋지. 밝은 밤보다 이야기하기 쉽고 말이야"라고 말한다.

얼굴은 말갛게 사라져가고 이야기는 더욱 명징해지는 그런 밤, 친구 샛별의 램프를 바라볼 때마다 서울의 우리 집에도 가져다둘까 하고 수없이 생각해봤다. 아니다. 오리히트의 아련한 등은 독일에서만 마주하기로 하자. 적어도 나에게는 그런 대면이 더 좋을 듯싶다. 서울에서는 어쩐지 한지가 주는 전통성과 한국성의 의미가 너무 견고해질 것만 같다.

그리고 또 하나, 오리히트의 조명은 늘 나의 베를린 여정에 어떤 방점을 찍어주었다는 점에서도 그렇다. 베딩에서, 그리고 프렌츠라우어 베르크로 옮긴 샛별의 작업실에서, 칸트슈트라세의 아방가르드한 재패니즈 레스토랑에서, 매번 다른 기억을 선사해준 그녀의 종이 램프들…. 그 빛은 유독 해가 귀한 이 도시에서, 내게 유일한 온기가 되어주었다.

오래된 호텔

새하얀 대리석 계단을 또각또각 오른다. 고풍스런 장식이 달린 엘리베이터가 덜컹 소리를 내며 천천히 내려온다. 표면이 반질거릴 정도로 127년의 긴 시간을 견딘 고동색 철제 승강기가 고작 한 층을 올라가서 나를 내려준다.

초인종을 누르고서야 들어설 수 있는 작고 오래된 호텔 '펜션 풍크Pension Funk'. 오래 묵은 것들이 뒤섞여 풍기는 특유의 냄새가 코끝에 묻어 온다.

1895년에 지어진 아르누보 스타일의 이 호텔은 베를린과 나를 더욱 밀접하게 이어준 장소다. 스탠더드 호텔이 가진 모던하고 보편적인 미감과는 달리, 이곳만의 독보적인 정서와 사연을 간직하고 있기에 애틋할 수밖에 없다. 열세 개의 객실은 각기 다른 19세기 말의 가구와 감성적인 패턴의 벽지, 그리고 다채로운 방의 구조를 가지고 있다. 일부러 고전적으로 꾸민 것이 아니라 예전부터 있어온 그대로 보존된 것 같은 감각….

별도의 리셉션이랄 것도 없이 작은 붙박이장 같은 곳에서 낡은 모니터를 보고 있던 직원이 체크인을 도와준다. 경제적인 규모와 편리함이 전부인 이 세상에서 낯설면서도 매혹적인 풍경이다.

호텔은 원래 1930년대 독일의 무성영화 시대를 빛낸 여배우 아스타 닐센이 살았던 집이다. 덴마크 출신의 그녀는 영화감독인 남편 우르반 가드와 함께 독일로 이주해 독일 영화계에서 더욱 승승장구했다. 〈중독〉, 〈몰락〉, 〈거리의 비극〉, 〈인류의 악〉과 같은 영화를 통해 특유의 극적인 표정과 에로틱한 몸짓으로 열연하며 '디 아스타Die Asta(등불)' 열풍을 일으켰다. 작가 플로리안 일리스는 "아스타 닐센의 분노가 폭발하는 연기는 그녀의 얼굴을 찬미할 수밖에 없는 아이콘으로 만든다"고 표현했다.

어둑한 호텔 복도에 걸린 사진 속의 그녀는 고혹과 뜨거움의 어디쯤을 응시하는 표정이다. 그 시절이 만들어냈을 법한 날선 당당함과 희미한 불안이 겹쳐진 얼굴…. 호텔의 현 주인인 마이클은, 그녀가 1937년까지 살고 떠난 후 여러 번 주인이 바뀌었고, 1951년 풍크라는 성을 가진 자매가 호텔로 운영하기 시작하면서 지금에 이르렀다고 일러준다.

내가 묵게 된 방은 우아하면서도 차분한 분홍색이 주조를 이루는, 호텔에서 가장 넓은 객실이다. 여배우가 손님을 맞이하고 친교를 나누던 응접실답게 높은 층고와 거리로 난 큰 창들이 개방감을 느끼게 해준다. 비더마이어 양식과 유겐트슈틸 양식이 섞인 가구들에서는 독일다운 절제된 넉넉함이 묻어난다. 만개하는 에너지를 품은 플라워 패턴 벽지, 반질한 나무 바닥, 새하얀 레이스 커튼과 넓고 화려한 침대가 어우러진 풍경은 시간이 빚어낸 조화로움을 보여준다.

누군가의 까다로운 고집이 새로운 것들 사이를 비집고 들어와 이곳을 오래된 호텔 그대로의 모습으로 유지하게 했을 거라고, 붉은색 벨벳 암체어에 앉아 생각한다. 비밀스런 옷장 안에 가지런히 걸린 나의 무채색 재킷과 노란 블라우스의 실루엣이 오히려 고전적으로 보인다.

옷장 옆으로 나란히 조금 큰 장식장이 보인다. 언뜻 보면 이불을 넣어두는 장롱 같다. 문을 열어보니 뜻밖에도 화장실과 샤워실이다. 원래 이 방엔 화장실이 없었다. 새로운 공간을 만들면서 마치 그곳이 본래부터 있었던 것처럼 보이게 해놓다니…. 간이화장실 구조로 되어 있지만, 나무로 아름답게 짜 넣어 이 방의 무드와 절묘하게 어울린다.

다행히도 방 안에 TV가 없다. 이따금씩 옆방의 투숙객들이 조곤조곤 나누는 대화가 넘어올 뿐이다. 한옆에는 선이 고불고불 감긴 유선 전화기가 놓여 있고, 천장에는 그윽한 샹들리에가 드리워져 있다. 이런 방에서는 잠이 올 리 없다. 오래된 것들에 둘러싸여서 느끼는 이 특별한 기분의 정체가 무엇일까를 생각하며 뒤척인 밤은 그렇게 길었다.

잠이 덜 깬 아침, 호텔 맨 안쪽에 있는 가장 화려한 홀인 다이닝룸으로 간다. 부유한 누군가의 집에 초대된 듯, 정갈한 식탁 위엔 빳빳하고 하얀 테이블보가 덮여 있고, 어디서 꺾어 온 것인지 사 온 것인지 알 수 없는 들꽃들이 살랑거린다.

아침 식사를 하러 온 투숙객들이 약속이나 한 듯 적당한 간격을 두고 하나같이 "구텐 모르겐" 하며 인사를 건넨다. 소박하지만 필요한 건 다 갖춰진 조식…. 아삭한 오이와 얇게 자른 토마토, 간결하게 차린 치즈, 그리고 시커먼 호밀 빵이면 더할 나위 없는 독일의 아침 식사가 된다.

우유를 섞은 얼그레이를 두 잔쯤 마시며 마무리하고, 삐거덕 소리를 내는 복도를 지나 화사한 빛이 드는 넓은 방으로 돌아온다. 커다란 창에서 마주 보이는 '문학의 집Literaturahaus' 1층의 카페는 브런치를 즐기는 우아한 베를리너들로 북적인다. 그 옆에는 20세기 인간의 조건을 탐구한 조각가 캐테 콜비츠의 뮤지엄이 있다.

실제로 이 호젓한 거리가 품은 풍경은 모든 탁월한 것들이 만들어낸 산물이다. 무엇이든 해도 좋을 아침이라면, 무엇이든 안 해도 되는 즐거움이 더욱 커진다.

베를린의 미스

베를린 동쪽 하케셔 마르크트에서 트램 M5를 타고 북쪽으로 30분쯤 달린다. 미스 반데어로에가 오버제Obersee라는 호숫가에 지은 집을 찾아가는 길이다.

모더니즘의 전성기에 지어진 집들이 저마다의 개성을 드러내며 늘어서 있는 조용한 동네를 걷는다. 더없이 풍요로우나 그것을 드러내지 않고 사는 삶이란 얼마나 공고한 미덕인가. 일과를 끝내고 돌아와 소박한 저녁 식사를 마친 후 독서를 하며 긴 밤을 보내고, 주말이면 정성껏 정원을 가꾸며 세상에 헛된 시비를 걸지 않는 성실한 일상…. 어쩐지 이 동네의 독일인들은 그런 삶을 살고 있을 것만 같다.

근사한 집들을 구경하며 걷다가 '미스 반데어로에 하우스'라는 문패가 달린 집 앞에 도착한다. 라벤더가 무릎까지 단정히 피어오른 입구를 따라 걸어가니 붉은 벽돌의 L자형 단층집이 정갈하게 단장되어 반긴다. 미스 특유의 단순성과 견고함이 간결하게 표현된 구조다.

명쾌한 공간 구획과 천장에서 바닥까지 이어진 유리창은 내외

부의 경계를 무색하게 한다. 키 큰 초록 나무들과 들풀, 라벤더가 무리 지어 넘실거리는 풍경이 맑은 하늘 아래서 그림처럼 펼쳐진다. 이따금 저 유리문을 열어두면 자연과 인간의 공간을 나누는 모든 경계가 사라지게 되는 걸까?

베를린의 유명한 아트 딜러인 카를 렘케와 그의 아내는 1932년 건축가 미스에게 '작은 보통의 집'을 지어달라고 부탁했다. 그리고 부부는 1945년까지 이 집에서 평범하고 우아한 일상을 보냈다.

지금은 비어 있는 흰 벽엔 아마도 부부가 모은 작품들이 걸려 있었을 것이다. 미스 반데어로에가 직접 디자인한 마호가니 옷장과 책장, 렘케 부부가 수집한 거실의 가구들은 오래된 흑백 사진 속에만 겨우 남아 있다. 가구도 사람도 사라진 이 공간이 마치 광활한 자연 속에 그려놓은 가느다란 드로잉처럼 느껴진다.

현재 이 집은 공간 미학을 주요 맥락으로 한 전시장으로 사용되고 있다.

문턱 없는 문을 열고 나와 호수로 이어지는 길을 따라 걷는다. 저 멀리 물이 보이는 지점에서부터 지형이 작은 구릉으로 바뀐다. 선베드를 펼쳐놓고 곧장 호수로 달려가 물에 몸을 담글 수 있었던 시절은 역시 작은 흑백 사진 속에만 존재하는 모양이다. 이제는 호수 진입을 금지하는 팻말과 그물이 드리워져 있을 뿐이다.

이 집은 미스가 미국으로 떠나기 전 마지막으로 독일에 지은 '주택' 건축이다. 나치의 압박을 피해 그는 영어도 익히지 못한 채 미국으로 건너갔다. '하우스 렘케'는 훗날 대도시 시카고의 스카이라인을 바꿔버린 이 위대한 건축가가 마지막으로 남긴 소박한 걸작은 아니었을까. 광대한 스케일의 빌딩 숲이 도시를 장악하리란 걸 미리 내다보기라도 한 듯, 예술과 자연을 사랑한 부부를 위해 지은 인간적이고 간결한 집. 건축에서는 그토록 가차 없던 그의 내면에도 이렇듯 정겨운 면모가 있었다니….

이 집에 담긴 미스 특유의 특징들, 예컨대 재료와 디테일에 대한 집착 그리고 단순성에 대한 모색 역시 한결 따듯하고 부드러운 스케일로 마감된 듯하다.

한여름, 반바지 수영복 차림으로 한껏 나른하고 행복한 표정을 짓고 있는 집주인 렘케의 사진을 들여다본다. '나도 이런 집에 살고 싶다'는 바람이 절로 피어오른다. 비록 미스는 이 세상에 없지만, 어쩐지 실현 가능한 몽상처럼 다가온다. 다만 어딘가에 있을 나만의 호수를 먼저 찾아야 한다는 선결 조건은 까맣게 잊은 채로….

DAS

도시의 단서

아티스트 최선아

아주 가끔씩 발휘되는 적극성에 스스로 놀랄 때가 있다. 그녀에게서 기대하지 않았던 답장이 왔을 때도 그랬다.

그녀를 처음 알게 된 건 베를린에서 발행되는 『프로인데 폰 프로인덴』◆이라는 온라인 매거진을 통해서였다. 평소 나는 베를린을 기반으로 활동하는 아티스트를 인터뷰하는 섹션을 꽤 유심히 보는 편이다. 어느 날 'Sunah Choi'라는 이름이 눈에 띄었다. 그녀가 살고 있는 동베를린 지역의 오래된 아파트와 동네 주변을 에디터와 함께 산책하면서 다양한 스토리와 맥락을 엮어간 구성이 흥미로웠다. 무엇보다 그녀의 인터뷰에는 베를린의 '힙한 감성'을 갈구하는 시선이 없었다.

곧장 메일을 보냈다. "인터뷰를 인상적으로 보았고, 며칠 후 베를린에 갈 예정이니 이야기를 더 나누고 싶다."

그 편지가 계기가 되어 2015년 6월 어느 날, 나는 최선아 작가의 아파트에 가게 되었다. 옛 동독의 수도 동베를린의 심장과도 같은 곳인 카를마르크스알레는 풍경이 색다르다. 소비에트 스타일의 압도적이고 화려한 공동 주택들이 제법 긴 대로에 늘어서 있다. 한

◆ Freunde von Freunden, 영어명은 Friends of Friends.

시절에는 유효했으나 이제는 허무해진 이상주의가 기묘하지만 여전히 매혹적인 모습을 띠고 있다고나 할까.

최선아 작가의 미니멀한 조각 같은 집으로 들어섰다. 차를 끓이며 그녀가 말했다.

"이 아파트는 1950년대에 헤르만 헨젤만이라는 건축가가 지었어요. 사회주의 체제의 선전용으로 호화롭게 공들여 지었는데, 당시에는 공산당 간부들만 살 수 있었대요."

웨딩 케이크처럼 과시적인 외관과 달리 실내는 매우 합리적이고 실용적인 구조였다. 통일 후 베를린이 다시금 과거의 위상과 의미를 되찾으면서 동베를린 지역의 낙후된 건축과 주거 환경도 새롭게 조명되고 있다고 그녀는 덧붙였다.

최선아 작가는 이 아파트에 살면서 작업도 병행하고 있었다. 넓은 스튜디오는 기다란 책상, 선반, 수많은 박스들에 둘러싸여 흡사 아카이브 룸처럼 보였다. 벽에 걸린 블루 프린트들이 눈에 띄었다. 블루와 대비되는 새하얀 선과 형상이 뒤엉켜 미묘한 추상화를 보는 듯했는데, 알고 보니 포토그램이라는 방식으로 제작된 사진이었다.

19세기 사진 기술의 발명과 기원을 같이하는 포토그램은 감광지 위에 물체를 얹고 적당량의 빛을 비춰 음영의 조합을 종이 위에 남기는 기법이다. 그러니까 카메라와 필름 없이 탄생한 사진술의 일종인데, 사물의 재현을 넘어서 추상적이고 암시적인 이미지를 얻을 수 있다는 점이 매력적이다.

“사진과 그림 사이의 경계에 있는 포토그램의 가능성에 매료되었어요. 표현 가능성은 단순하고 제한적이지만 그만큼 의도치 않은 결과를 얻어낼 가능성이 더 크죠. 우연성과 필연성을 중요한 작업 방식으로 사용하기 때문에, 저에게는 이 아날로그 기술의 취약성이 오히려 강점으로 다가왔어요.”

길거리에서 수집한 나뭇잎, 일상적인 오브제, 공들여 손수 제작한 네거티브 패턴 등의 콤포지션이 만들어낸 블루 프린트의 이미지들이 마치 현미경 속 대우주의 풍경처럼 느껴졌다.

사진 외에도 조각, 영상, 설치 등 다양한 매체와 기법을 사용하는 그녀의 작업은 전통적인 조형의 문법을 따른다기보다 조립이나 건축적 행위에 더 가까워 보였다. 작가는 사물과 형상의 관계를 우회적으로 질문하고 이를 예술적으로 번역하기 위해 주변을 면밀히 관찰하고 살펴본다.

“천착하고 있는 주제에 따라 일련의 시각적, 조형적 필터를 선택하고, 그것을 구체적인 재료나 물성과 만나게 함으로써 형상을 얻으려고 해요. 이 과정에서 구성 요소들의 의미를 숨겨놓거나, 구조나 경로를 비틀어서 한 발 건너뛰거나 에둘러 가게 하는 장치를 즐겨 사용하죠.”

철과 콘크리트를 사용한 육중한 조각도, 시어詩語 같은 청사진도, 얇은 철판 위에 매달려 있는 무거운 돌덩어리도 그녀가 세상에 심어놓은 의미심장한 암호로 다가왔다.

창 너머에도 역시 기묘하지만 우아한 소비에트식 건물이 마주하고 있다. 붉은 커튼이 드리워진 건너편 건물의 꼭대기 층 댄스홀에서는 황금색 불빛 아래에서 남녀가 초현실적으로 춤을 춘다.

베를린이라는 도시가 그녀의 작업과 어떻게 연결되어 있는지 물었다.

"베를린은 익숙하다가도 불현듯 낯선 곳에 있는 듯한 느낌을 줘요. 독일의 도시 대부분은 외부에서의 침투를 불허하는 듯한 완고한 분위기를 풍기는데 베를린은 좀 달라요. 역사적으로도 베를린은 외부 세계나 문화에 호의적이었고, 그 때문에 독일스럽다고 볼 수 있는 배타성이나 강박증이 어느 정도 희석된 도시 같아요. 이렇게 축적된 문화적인 경험이 여전히 동시대 베를린의 정체성을 정의하고 있다는 느낌이 들어요. 가끔 이 도시가 환기시키는 '낯섦'이나 '거칢'은 아티스트의 창작에 중요한 요소가 되거든요."

낯섦과 거칢! 갑자기 눈이 밝아지는 것 같았다. 베를린을 면밀히 들여다보고 느낄 수 있는 단초를 찾은 기분이었다. 처음 만난 아티스트 덕분에 말이다.

늦은 밤, 작가의 아파트를 나와 홀로 걸었다. 거대한 거리에 비해 너무 작고 어두운 가로등 불빛, 옛 동독 건물들의 웅장한 실루엣, 조금 전까지 나누었던 은밀한 대화들이 한꺼번에 나를 덮쳐왔다. 그 순간이 완전무결한 조각처럼 느껴졌다

MOSKAU
RESTAURANT
MOSKAU
RESTAURANT

CAFE

바우하우스의 하룻밤

바우하우스에 갔다. 아니, 바우하우스 데사우에 갔다는 말이 더 정확하겠다. 1919년 새로운 시대에 걸맞은 새로운 미술 교육을 내세우며 바우하우스가 출범했다. 독일 튀링겐 주의 작은 도시인 바이마르에서 처음 문을 연 바우하우스는 조각, 회화, 건축이 하나로 통합된 공예 훈련을 통해 숙련된 전문가를 양성하는 것이 목표였다.

그러나 의회 민족주의자 및 교육청과 갈등을 빚으면서 6년간의 바이마르 시절을 마감하고 데사우라는 도시로 이전을 결정한다. 이에 따라 바우하우스는 데사우에 학교와 기숙사 건물, 교수 사택을 신축한다. 교장 발터 그로피우스의 지휘 아래 강의실과 공방, 극장과 식당, 체육관과 기숙사를 포함한 콤플렉스가 개관한 건 1926년 12월 4일이었다.

번듯한 건물에서 제대로 수업을 받고 공방 활동을 재개할 수 있게 된 것은 당시의 바우하우즐러Bauhausler(바우하우스 학생들)뿐만 아니라 오늘날의 우리에게도 얼마나 다행스러운지 모르겠다. 다만 90년 전의 이 극적인 프로젝트의 실체와 원형은 현재 남아 있는 건축물로만 짐작할 수 있다는 것이 아쉬울 따름이다.

베를린에서 기차로 한 시간 반을 달려 데사우의 작은 역에 내리면 'Bauhaus Building'이라는 이정표를 쉽게 찾을 수 있다. 그리고 더욱 구체적인 좌표인 그로피우스알레Gropiusallee를 따라 걷다 보면 네모반듯한 건물들이 절묘하게 이어진 바우하우스를 만나게 된다.

유리 파사드의 가벼운 개방감, 콘크리트의 단순한 골격, 그리드를 극대화시켜주는 흰색…. 바우하우스적인 요소들이 차례로 눈에 읽힌다. 강의실과 공방, 극장과 식당, 기숙사 건물은 독립적인 공간을 유지하면서도 서로 연결되어 단일체를 이루고 있다. 그로피우스가 밖으로 나가지 않고도 교내 어디든 갈 수 있도록 유기적으로 설계했기 때문이다.

빨간색 문을 열고 메인 홀로 들어섰다. 천장에 막스 크라예프스키가 디자인한 길고 가느다란 조명들이 설치 작품처럼 홀을 밝히고 있고, 왼쪽의 철문을 밀고 들어가면 마르셀 브로이어의 의자들이 빼곡히 놓인 공연장이 나타난다. 오스카어 슐레머가 학생들과 함께 동그란 가면을 쓰거나 요상한 의상을 입고 〈3인조 발레〉, 〈기계적인 발레〉 같은 전위적인 공연을 펼친 곳이다.

슐레머가 하인리히 폰 클라이스트의 수필 「마리오네트 연극에 관하여」에서 영향을 받아 창작한, 생기 없고 이상화된 동그란 인간들의 인형 같은 안무를 떠올려봤다. 전통과 단절하려는 의식적이고 기하학적인 움직임과 형태 그리고 색채의 향연이 머릿속에서 환영처럼 펼쳐졌다.

홀의 전면과 이어진 계단을 오르면, 거대한 유리 통창 한가운데에 마르셀 브로이어의 바실리 체어가 나란히 놓여 있다. 바우하우스의 교수였던 바실리 칸딘스키가 좋아한 의자라고 해서 붙여진 바실리 체어의 원래 이름은 B3 체어다. 바우하우스에 학생으로 입학한 뒤 가구 제작 공방의 마이스터(교수이자 장인)가 된 브로이어는 금속과 천, 가죽, 특히 굽은 강철관을 이용한 독창적인 디자인으로 바우하우스의 많은 가구들을 제작했다.

바실리 체어가 건물 곳곳에 일상적으로 놓여 있는 풍경은 생경하기까지 했다. 기숙사 옆의 식당에서는 그의 'B9 테이블' 수십 개가 의자로 사용되고 있었다. 그야말로 "브로이어 스펙터클!"이라고 외칠 만한 광경이었다.

건물과 건물을 잇는 복도식 공간에는 그로피우스의 사무실이 당시의 모습대로 복원되어 있고, 복도 천장에는 마리아네 브란트가 디자인한 둥근 펜던트가 일정한 간격으로 매달려 있다. 노란색과 분홍색과 하늘색으로 나뉜 벽과 벽, 천장의 컬러는 독특한 채도 때문에 전혀 유치하거나 노골적인 기색을 드러내지 않았다. 오히려 비일상적인 색채의 조합은 콘크리트라는 물성, 공간의 그리드, 강철의 디테일과 만나 이지적인 분위기를 자아냈다. 무거운 철문의 손잡이, 유리 창문의 가로세로 비율, 복도 벽의 레일 손잡이와 이따금씩 만나는 가이드라인의 서체들까지….

집요하게 뜯어보면 볼수록, 게다가 모든 것들이 1920년대에 만들어졌다는 걸 상기하면 할수록 하나하나가 놀라운 '모던의 상징물'로 다가왔다. 오늘의 우리가 '디자인'이라 부르는 것의 집약된

원형이 이곳에서 시작되었다는 책 속의 한 문장 같은 생각이 스쳐 갔다. 비록 그 옛날의 바우하우즐러도 칸딘스키나 그로피우스 같은 선생들도 이제 없지만, 바우하우스 재단 사무실로 대체된 공간에서 직원들은 단정하고 성실하게 각자의 업무를 보고 있었다.

건물을 나와 10분쯤 걸어가니 바우하우스 교수들이 살았던 주택들이 보였다. 그로피우스의 집을 시작으로 라슬로 모호이너지의 집과 라이오넬 파이닝어의 집, 칸딘스키와 파울 클레가 함께 살았던 집을 둘러보았다. 디자인적으로, 시각적으로 완전 무구한 백색 사각형의 집들…. 그러나 칸딘스키의 아내는 "생활하기에 불편한 구석이 있었다. 그로피우스는 현관을 커다란 투명 유리벽으로 만들었기 때문에 밖에서 누구나 집 안을 들여다볼 수 있었다"라고 고충을 털어놓았다. 이 때문에 골치를 앓던 칸딘스키는 현관 안쪽의 유리벽을 온통 흰색으로 칠해버렸다고 한다.

칸딘스키는 냉담하고 독단적인 성격이었다. 그는 수업을 통해 예술의 문제를 객관적인 개념으로 선포해야 한다는 주장을 펼쳤다. 하루 일과를 마치고 돌아온 이 집에서 그는 과연 어떤 예술적 사색을 이어갔을까. 그와 한 건물에 살기도 했던 파울 클레와는 어떤 대화를 나누고, 어떤 일상을 공유했을까. 모더니즘 예술에 너무도 크나큰 족적을 남긴 두 이름이 함께한 시절을 상상해보며, 다시 바우하우스 학교 건물로 돌아왔다.

직원에게 열쇠와 간단한 가이드북을 받아 기숙사 건물로 올라

갔다. 바우하우스 학생들이 사용한 방들은 이제 이곳을 찾는 방문객이 묵어갈 수 있는 숙소로 운영되고 있다.

3층의 첫 번째 방은 바우하우스 시절의 기숙사를 그대로 되살린 방이다. 역시 마르셀 브로이어의 책상과 의자, 검은색 스틸 램프 하나, 그리고 B9 네스팅 사이드 테이블이 놓여 있고, 작은 싱글 침대 위엔 군타 슈퇴츨의 패브릭이 덮여 있다. 그것들이 이 방을 이루는 전부인데도 아름다웠다. 있어야 할 것만 갖춘 기능주의적 공간에서 느끼는 단순한 아름다움….

발코니로 나가는 문을 열었다. 내 허벅지 정도 높이의 아찔한 난간에 '당시의 치수에 따라 복원했기 때문에 위험할 수 있음'이라는 경고 문구가 붙어 있었다. 1920년대의 바우하우스 학생 크산티 샤빈스키는 "친구를 부르기 위해 해야 할 일이라곤 그저 발코니로 나가서 휘파람을 부는 일이 전부였다"라고 썼다.

해가 저물 무렵이 되자 모든 선들이 더욱 명징해졌다. 창문의 그리드, 책상과 의자와 사이드 테이블의 모든 것들이 '선' 하나로 그려지는 듯했다.

바이마르와 이곳 데사우, 그리고 베를린에서의 아주 짧은 시절까지 고작 15년 동안 존재하다 사라진 바우하우스…. 허나 그 모든 결과들이 적게건 많게건 지금 우리의 삶에서도 감지된다. 작은 독서 램프, 혹은 얇은 강철 다리가 매끈한 의자와 테이블은 지금도 도처에 놓여 있다. 그 때문에 기능적이고 모던하며, 명료한 선과 면을 지닌 모든 것들이 '바우하우스 디자인'으로 받아들여지는 오류도 종종 발생한다.

하지만 "새로운 시대에는 합리적인 산업 생산품도 아름다워야 한다"는 전제에서 출발한 바우하우스의 가치는 곱씹을수록 더욱 더 디자인의 미덕을 생각하게 한다. 결국은 다시 원점에서 '디자인이란 무엇인가?'를 떠올려 보지 않을 수 없었다. 늦은 밤, 오늘 나는 제대로 잠들 수 있을지 모르겠다.

BAUHAUS

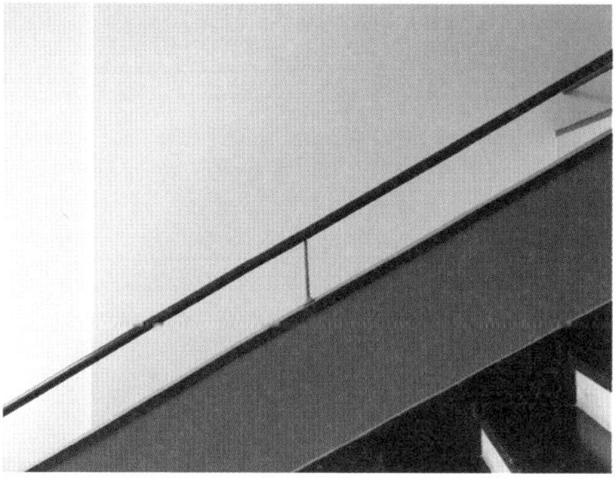

슈피너라이와 네오

네오 라우흐Neo Rauch와 인터뷰를 한 적이 있다. 그와의 만남은 내겐 일종의 사건이었다. 그가 들려준 이야기는 회화 안에서 모든 존재를 증명하려는 이가 길어 올린 지극히 개인적인 서사였다.

1960년대 라이프치히에서 유년을 보낸 네오는 동독 시절의 고립과 불균형 속에서 당시의 예술적 분위기를 수용하며 자연스레 예술학도가 된다. 그리고 자신에게 스며든 색채, 형태, 소리를 바탕으로 사회주의 리얼리즘과 초현실적인 요소를 결합한 독특한 회화 구조를 만들어낸다. 연극적인 요소와 환상, 분명한 것과 기이한 것이 공존하는 공간 속을 부유하는 인물들은 그의 작품마다 현현히 살아 있다. 마치 몽유병자처럼 주변을 집어삼키는 이 인물들은 다차원의 심리 상태에 빠진 네오의 자아들인지도 모른다.

인터뷰 내내 그가 천천히 호흡을 고르며, 적확한 표현을 위해 섬세하게 골라낸 단어들을 기억한다.

아무런 영감이 떠오르지 않을 수 있다는 불안감이 나를 가장 힘들게 해요. 몸의 안테나를 곧추세우고 기다리지만 아무 소식 없이 우두커니 캔버스 앞에 서 있기만 해야 할 때 말이죠. 물론 희열의 순간도 많아요. 회화 안에 기꺼이 머무는 것, 회화가 나를 정복하고 나를 통해 힘을 발휘하며 나를 단순히 그리는 행위만 수행하는 일종의 물리적 기관으로 탈바꿈시키는 것. 이 모두가 유일무이한 경험이거든요. 회화적 경험의 세계에 한 발을 내디뎠을 뿐인데 어느 순간 눈앞에 뭔가가 완성되어 있는 거죠. '도대체 내가 어떻게 이걸 했지? 어디서 이런 게 나온 거지?' 마치 무아지경과 같은 상태가 되는 거예요.

지난 2016년 니콜라 그래프Nicola Graef 감독은 네오 라우흐를 다룬 다큐멘터리 영화 〈네오 라우흐의 동지들과 동료들Neo Rauch Comrades and Companions〉을 제작했다. 첫 장면은 라우흐의 작업실에서 시작된다. 자기 몸집보다 큰 캔버스를 꾸역꾸역 움직여 가며 이젤 위에 간신히 올려놓는 라우흐의 모습을 찍은 롱테이크 신이 몇 분간 지속된다. 그리고 이내 음향 없이 그의 신중한 붓질만 보여주는 영상이 이어진다. 하나하나 그어가자 드러나는 선과 형상들…. 지루한 화면이 되레 어떤 긴장감을 불러일으킬 정도다. 그리고 이따금 무거운 침묵을 뚫고 나오는 묵직한 말은 가슴을 통과해 스며든다. "그림을 그리지 않는다면 대체 나는 누구란 말인가요?" 독백 같지만 누군가에게 향하는 말….

두꺼운 장갑을 낀 손으로 온종일 그림을 그리고, 유일하게 그를 웃게 만드는 반려견 스밀라에게 밥을 주고, 아내 로자 로이와 함께 그림에 대한 이야기를 나누는 이 모든 일이 벌어지는 곳은 그의 유일한 은신처이자 성벽인 슈피너라이Spinnerei에 있는 작업실이다.

슈피너라이는 라이프치히 서쪽에 위치한다. 면화 수요가 극적으로 증가한 19세기 말에 건설된 유럽 최대 규모의 방직 공장 단지였다. 거대한 단지 안에는 산업용 레일과 생산 시설은 물론이고 노동자들을 위한 주택과 체육관, 유치원, 공원 등이 조성돼 있었다. 그야말로 '도시 안의 작은 도시'였던 셈. 그러나 120여 년간 최대량의 면화를 생산한 산업의 성지도 1990년대 말 결국 시대의 변화와 함께 마지막 생산 라인을 중단하게 된다.

슈피너라이는 그렇게 한동안 폐허처럼 버려졌다. 그러다 아티스트들이 하나둘씩 들어와 둥지를 틀고 그림을 그리기 시작했다. 초창기 멤버가 바로 네오 라우흐였다. 뒤이어 많은 작가들이 터를 잡았다. 네오와 같은 라이프치히 예술대학 출신인 마티아스 바이셔, 데이비드 슈넬, 로자 로이 등은 지금까지도 슈피너라이에 머물고 있다. 그들이 불어넣은 예술적 생기 덕분에 갤러리, 대안 공간, 공방과 미술품 상점, 극장 등이 생겨났다. 그리고 2000년대 초반 '동독 출신의 젊은 화가'에 전 세계의 미술계가 주목하면서 슈피너라이는 일종의 문화관광지로 거듭나게 된다.

슈피너라이를 걷다 보면 기이한 시각적, 감각적 경험을 하게 된다. 시간을 머금은 축축한 벽돌 건물들의 비현실적인 규모, 이름 모를 아티스트가 남긴 터프한 그라피티들, 어디론가 신호를 보내는 듯한 옛 파이프라인과 회로들…. 버려진 공장 풍경의 멜랑콜리가 온몸을 엄습하는 것이다. 그것은 일종의 아름다움인 동시에 두려움이기도 하다. 과거의 기억을 호명하는 듯한 이런 산업적 풍경이야말로 내가 사랑하는 종류의 미감이다.

갤러리 아이겐+아트Eigen+Art에 들어가 라이프치히 작가들이 분출해낸 회화의 층위를 만끽한다. 그리고 어떤 심오한 경험을 건드리는 듯한 표현의 감각들을 찾아 온종일 슈피너라이를 헤매듯 걷는다. 여기 어느 곳에선가 네오 라우흐는 진공관 같은 작업실에 틀어박혀 망각의 붓질을 하고 있을 터이다.

언젠가 라이프치히에 오거든 작업실에 들르라는 인터뷰의 마지막 인사가 자꾸 떠올랐지만, 예고도 없이 그의 정적을 깨뜨릴 수는 없었다.

> 나는 세상과 적당히 단절되어 있어요. 작업실은 믿음직한 방어벽이 되어 외부의 불필요한 관심으로부터 나를 보호해주죠. 하얀 캔버스 앞에 서면 항상 잘 되리라는 낙관과 실패할지 모른다는 불안이 동시에 교차해요. 매번 아슬아슬한 모험을 시작하는 기분이에요. 방어막 없이 캔버스와 전투를 치르러 나서는 느낌이랄까.

나는 네오 라우흐의 작품을 볼 때마다 어떤 그림에서든 슈피너라이의 뉘앙스를 찾아내는 즐거움을 누린다. 슈피너라이가 주는 에너지야말로 몸을 관통해 강한 영감으로 발휘된다고 한 그의 말을 떠올리면서 말이다.

Neo Rauch
Die Versenkung
04.06.-02.07.2016

14
HAL
LE 14

램프를 찾아서

그해 여름 내내 나는 그 램프가 너무나 갖고 싶었다. 이탈리아 디자이너 지노 사르파티Gino Sarfatti가 1956년에 디자인한 테이블 램프 하나가 내 물욕을 지핀 것이다. 무언가가 그토록 갖고 싶기는 실로 오랜만이어서 내심 그 욕망을 즐기기까지 했다.

그런데 정작 왜 그렇게 사르파티의 No.566 램프가 갖고 싶었는지는 불분명했다. 기울어진 메탈 바디에 전구 홀더가 관통하면서 만들어내는 사선과 직선의 만남…. 디자인은 단순했지만 긴장감이 느껴지는 형태였다. 전구 홀더의 높낮이 또한 어떠한 부속품 없이 얇은 고정 밴드만을 허용한 극단적 미니멀리즘을 구사했다. 그것이 마음에 들었던 것일까? 가벼운 운동성을 간직한 단순한 조형이 조각처럼 다가왔다.

때마침 나는 유럽 여행 중이었다. 머무는 곳마다 빈티지 가구 숍과 조명 숍을 샅샅이 뒤져가며, 내 책상을 환히 밝혀줄 램프 빛을 기분 좋게 상상했다. 파리, 베를린, 라이프치히, 뒤셀도르프…. 떠밀리듯 한 도시, 한 도시의 여정을 마치며 어느덧 마지막 여행지 쾰른에 도착했다.

이른 더위가 온몸을 지배하는 오후였다. 피스타치오 아이스크림을 입에 물고 시내를 걷는데, 벨기에의 디자이너 듀오 뮬러 반 세베렌의 솔로 시트Solo Seat 체어가 놓인 쇼윈도가 시선을 당겼다. 다가가 유리창에 손을 얹고 내부를 찬찬히 훑어보았다. 한쪽 벽은 디터 람스의 606 사이드보드가 차지하고 있고, 코너에는 아르네 야콥센의 스쿨 데스크가 놓여 있었다. 그 데스크 위에 내가 그토록 찾아 헤매던 사르파티의 회색 램프가 무심히 놓여 있는 게 아닌가.

"아, 찾았다!" 기쁨도 잠시 곧장 마음이 달아올랐다. 나는 내일 서울행 비행기를 타야 하는데, 가게 문이 굳게 닫혀 있었기 때문이다. 마음 내키는 대로 문을 열고 닫는 빈티지 가구 딜러들의 성향을 모르는 바 아니어서 더욱 조급해졌다. 가게 이름을 구글에서 검색해 재빨리 주인에게 메일을 보냈다. 굳게 닫힌 문 너머로 조명이 보이는 그 자리를 뜰 수 없었다. 한 시간 만에 온 가게 주인의 답장엔 내일 정오에 다시 오라는 짧은 문장이 적혀 있었다.

결국, 운명처럼 여행의 마지막 날 나는 그토록 찾던 램프를 갖게 됐다. 딜러인 마틴은 이렇게 좋은 컨디션의 '사르파티 566' 모델을 갖게 된 건 행운이라고 말했다. 에어캡으로 몇 번이나 꼼꼼하게 감싸서 내 손에 들려 비행기에 오른 조명은 지금도 우리 집 작은 사이드 테이블 위에서 밤을 밝혀주고 있다.

이후로 마틴은 나의 소중한 딜러가 되었다. 그는 내 취향의 빈티지 가구와 조명을 많이 취급하고 있었다. 기능과 비율, 재료를 강조한 미니멀한 디자인에 매료되는 것 또한 나와 통하는 부분이었다. 압도적인 규모이면서도 둥근 달 같은 따스함을 지닌 마르코 자누소의 275 램프, 마치 CCTV 같은 금속 갓이 위아래로 불을 밝혀 주는 빌헬름 브라운 펠트베크의 우아한 플로어 램프도 그에게서 온 나의 작은 컬렉션이다.

코로나를 겪는 동안 마틴은 린덴슈트라세의 쇼룸을 접었다는 소식을 전해왔다. 내가 추구하는 이상적인 규모와 밀도를 갖춘 공간을 더 이상 볼 수 없다는 사실이 내내 아쉬웠다.

그리고 마침내 오늘, 나는 마틴의 새로운 공간을 찾아가는 길이다. 그의 작업실 겸 쇼룸은 쾰른 시내 외곽의 웨어하우스에 자리잡고 있었다. 트램을 타고도 한참을 가야 했다. 4년 만에 만난 마틴은 여전히 충직한 반려견을 데리고 아름다운 조명들 사이를 서성이고 있었다.

그의 컬렉션은 1945년에 설립되어 이탈리아 모던의 중심축이 된 조명 제조사 올루체Oluce의 초기 오리지널 제품들에 대한 존중과 경외에서 시작되었다. 그가 다루는 아이템만 보아도 조 콜롬보Joe Colombo, 안젤로 오스투니Angelo Ostuni, 레나토 포르티Renato Forti, 티토 아뇰리Tito Agnoli에 대한 애정이 절대적임을 알 수 있다.

그는 코로나 이슈와 주거난으로 인해 쇼룸뿐 아니라 집도 시의 외곽으로 옮겼다고 했다. 19세기에 지어진 물레방앗간을 개조해서 집으로 쓰고 있단다.

"어디나 마찬가지겠지만 세상의 변화가 예측 불가능한 쪽으로 흐르고 있어. 그런데 불현듯 그런 생각이 들더라고. 세상의 변화에 적응하려고 애쓰지 말고 나 스스로 변화된 삶의 방식을 보여주면 어떨까 하는. 여러모로 불편한 점도 있지만 외곽에서 생활하는 게 지금까지는 만족스러워."

물레방앗간 집, 보지 않아도 떠오르는 풍경이었다. 마틴은 휴대폰에서 열심히 찾아낸 집 사진을 굳이 들이밀었다. 알아볼 수 있는 몇 개의 램프들과 그의 취향이 드러나는 구조적인 가구들이 거실을 든든히 채우고 있었다. 그 순간 문득 그가 나의 딜러가 아니라 진정한 램프의 여정에 이심전심인 친구로 느껴졌다.

쾰른 역에 볼일이 있다는 그의 차를 얻어 타고 시내로 향했다. 마음속에 콜룸바 뮤지엄을 떠올리고 있었는데, 그가 콜룸바에 꼭 들르라고 말해주는 바람에 목적지는 분명해졌다.

그와 이야기를 끝내며, 쾰른은 어떤 도시냐고 물었더니 이런 답을 하고 떠났다.

"쾰른이라는 도시에서 어떤 아름다움을 발견하려면, 숨겨진 디테일을 볼 수 있는 눈을 가져야 해. 이곳의 아름다움은 언제나 완결된 형태를 갖추고 있지 않기 때문이야."

어쩐지 그 대답이 내게 쾰른에 다시 와야 할 절반쯤의 의무감을 안겨주는 것 같았다.

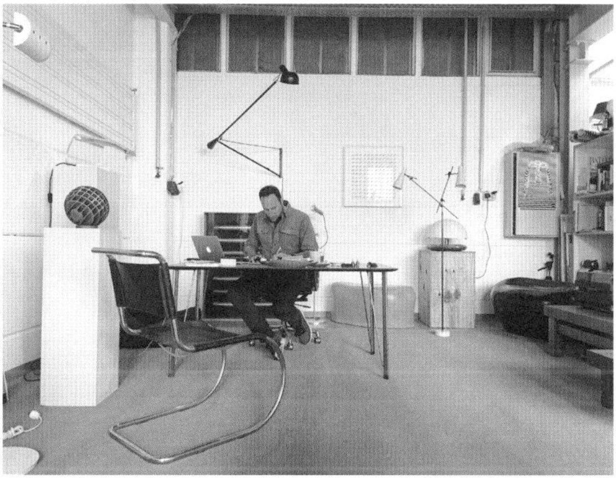

낭만적 공장 풍경

20세기를 꽉 채워 살았던 사진작가 요제프 슈토펠스Josef Stoffels는 평생 독일의 공장들을 촬영했다. 특히 루르Ruhr 지역이라 불리는 노르트라인베스트팔렌 주의 도르트문트, 에센, 뒤스부르크, 보훔에 포진하고 있는 공장, 발전소, 광산들이 그의 집중적인 피사체가 되었다.

이 지역의 산업 시설들은 19세기 말에서 20세기까지 유럽 내 석탄과 철광의 최대 생산기지로서 번영기를 구가했다. 건물들은 건설 초기부터 건축가들을 동원해 기능적인 측면은 물론 미학적인 상징성까지 두루 고려해 지어졌다.

슈토펠스는 왜 공장 건물에 그토록 열광하며 야심차게 기록했을까? 그건 공장 건물의 구조와 풍경이 만들어내는 특유의 아름다움 때문이었다. 그의 사진 작품은 유형학적 사진◆을 기반으로 하면서도 그만의 낭만적인 시선이 깃들어 있다. 탄광을 배경으로 한 들판에서 한가롭게 풀을 뜯고 있는 소들의 모습, 공장 단지 내의 수영장에서 여름 한때를 즐겁게 보내고 있는 사람들, 굴뚝에서 뿜어내는 연기 구름으로 자욱한 보훔 로레인 광산 앞에서 신문을

◆ typological photography, 동시대의 사회와 문화를 반영하는 사물이나 사람들을 어떤 기준에 따라 같은 유형끼리 분류해 가치중립적으로 찍은 사진.

읽고 있는 신사의 모습은 흑백 로맨스 영화의 서막처럼 느껴질 정도다. '루르의 대성당'이라 불린 에센의 촐페라인 탄광처럼, 산업 시설물도 아름다울 수 있음을 증명한 건 슈토펠스의 독보적이고 애정 어린 시선이었다.

지금은 뒤스부르크의 MKMMuseum Küppersmühle 미술관으로 가는 길이다. 이 건물은 1860년에 설립된 제분 기업인 퀴퍼스뮐레Küppersmühle의 공장이었다. 1972년에 스위치를 내린 후 한동안 폐허로 방치되다가 도시 재건 프로그램에 의해 미술관으로 다시 태어났다. 프로젝트의 키는 산업 시설을 미술관으로 바꾸는 데 능한 건축가 헤어초크와 드뫼롱Herzog & de Meuron이 맡았다.

오래된 테라코타 벽돌이 내뿜는 붉은색은 언제나 매혹적이다. 미술관 내부는 놀라우리만치 방대한 독일의 추상화들로 가득하다. 내재된 뜨거움을 감추고 고요한 회화적 사색을 발산하는 페터 브뤼닝, 하인리히 지프만, 에른스트 헤르만스, 빌리 바우마이스터…. 독일의 기업가이자 미술품 컬렉터인 카를 슈트뢰허Karl Ströher 컬렉션의 일부인 이 작품들은 전후 독일의 추상으로 응집되어 함께 꿈틀거린다. 커다란 전시실마다 한구석에 세로로 열린 창은 뒤스부르크 도심과 내항의 도전적인 풍광을 비춘다. 여행이 다시 시작되는 듯한 기분에 빠져든다. 이 도시에 산재한 모든 장소들의 이야기가 궁금해지기 시작한다.

미술관의 각 층을 연결하는 계단 홀은, 마치 동굴 속에 들어온 듯한 단절감과 거대한 기계의 부속품이 된 것 같은 폐쇄성을 동시에 느끼게 한다. 게다가 계단 너머로 무엇이 펼쳐질지 알 수 없어 기대와 불안이 교차한다.

전시장과 전시장 사이를 연결한 구름다리는 원통형 타워인 사일로(저장고)와 연결된다. 백 년이 넘은 강철 구조물은 마치 추측이 불가능한 스케일의 로켓 발사대처럼 보이기도 해서 두려움마저 인다. 이 감각이 너무 강렬해서 방금 전 전시장에서 보았던 앵포르멜 회화의 미묘한 떨림은 금세 잊혀버린다. "건축의 미래에는 과거도 깃들어 있다"라는 명언은 MKM의 물리적인 구조와 형태에서 더욱 자명해진다.

MKM은 150년이라는 시간 속에서 기능이 변모한 신전 같다. 산업의 로직과 미적인 층위가 서로 교차되며 스스로를 변형시킨 강렬한 힘이 느껴진다.

MKM을 전면에서 바라볼 수 있는 내항을 따라 걷는다. 운하의 물은 유유히 흘러가고, 늦은 오후의 빛은 벽돌을 더욱 붉게 비춘다. 누군가 내게 무엇이 가장 독일적인 풍경이냐고 묻는다면, 산업의 진화와 쇠퇴를 증명하는 유일무이한 저 풍경이야말로 가장 독일적인 풍경이라고 응수할 것 같다.

요제프 슈토펠스, 〈루르 지역의 보트로프 탄광〉, 1950년대 초.

부퍼탈의 숲

여행자의 임무라는 게 가끔은 가혹하게 느껴질 때가 있다. 정해진 시간 내에 계획한 모든 걸 보고 느끼고 경험해야 한다는, 어쩌면 불가능한 목적을 향해 쉼 없이 걸어야 하기 때문이다.

마침 긴 여행이 끝나갈 무렵이었다. 발걸음은 느려지고 더 이상 새로운 감동 따위는 없을 것만 같았다. 이미 볼 만큼 보았고 감동도 가득 차오른 상태였다.

하지만 우연히 어느 책에서 본 '숲속의 조각들'이라는 말이 내내 환상적인 이미지로 남아 또 한 번 호기심을 자극했다. 작은 단서 하나를 들고 독일 중서부의 도시 부퍼탈Wuppertal을 찾아갔다.

수목이 무성한 삼림지대에 위치한 발트프리덴Waldfrieden은 2006년 영국 조각가 토니 크랙Tony Cragg 재단이 조성한 조각 공원이다. 영국 리버풀 출신임에도 40년 넘게 독일에서 살아온 작가가 거대한 자신의 조각들을 영구히 보전할 장소로 이 비밀스러운 곳을 택했다.

발트프리덴이라는 이름은 1940년대에 이곳에 지어진 빌라 '하우스 발트프리덴'에서 유래했다. 토니 크랙은 형태적으로나 개념적으로 자신의 작품과 연결되는 이 집을 발견하고는 거의 '운명적'이었다고 말했다. 거대한 소용돌이 같기도 하고 조개껍질처럼 보이기도 하는 이 집은 건축가 프란츠 크라우제Franz krause가 지었다. 한때는 독일 추상화의 선구자인 빌리 바우마이스터와 바우하우스의 오스카어 슐레머가 은신하며 예술 행위를 펼친 파라다이스이기도 했다.

제법 가파른 길을 올라 우거진 숲으로 들어서면 박스 모양의 입구를 만나게 된다. 이 기묘한 우주 터널 같은 플랫폼에서 티켓을 구입하고 주의 사항을 들어야만 조각 공원에 들어설 수 있다.

12헥타르의 거대한 부지 안에는 언덕의 지형을 따라 마치 곳곳에 점을 찍어놓은 듯이 토니 크랙과 리처드 디콘, 헨리 무어와 빌헬름 문트의 조각 사십여 점이 콕콕 박혀 있다. 그래서 한눈에는 절대로 들어오지 않는 조각품의 물성을 찾아내려면 아름드리 우거진 밤나무와 참나무, 단풍나무 사이를 헤매야만 한다. 이 예술가들은 평생 자연과 공간을 의식하며 작업에 매진해왔기에, 그들의 작품은 자연 속에서 더욱 명료하게 빛난다.

특히 회전하는 횡단면이 변형과 소멸을 반복하며 수직으로 상승하는 토니 크랙의 조각들은 밑바닥부터 꿈틀대며 요동치는 시지각적 경험을 선사한다. 그는 어릴 적부터 화석 돌멩이를 집착적으로 모았고, 퇴적층이 만들어지는 자연현상을 모방해 작품을 창작해왔다. 그러니 이 유구한 사암 지대야말로 예술가의 에고를 이식할 가장 성스러운 장소였을 것이다.

예술과 자연의 상호작용이 극적인 광경을 펼쳐낸다. 숲속 더 깊은 곳으로 들어가면 약간 색다른 토니 크랙의 조각을 볼 수 있다. 마치 솟아오른 바위 같기도 하고 퇴적된 흙덩어리처럼 보이기도 한다. 이것이 그가 말한 "숲을 통해 경험할 수 있는 건축, 예술과 자연 사이의 긴장"인 걸까.

하강하듯 내려가는 초원 끝에 소라처럼 생긴 빌라 발트프리덴이 평화롭게 앉아 있다. 빛의 충돌, 인체의 움직임, 대지의 지형이라는 유기적인 건축 요소들이 이 건물에 리드미컬한 생동감을 불어넣는다. 언덕 중간쯤에서 이젤을 펴놓고 이 풍경을 그리고 있는 두 여인이 눈에 들어온다. 그 뒷모습이 한없이 옆으로 확장되는 푸른 랜드스케이프와 일체가 되어 힘든 순간에 불현듯 찾아오는 새벽녘의 반짝임 같다.

은밀하고 아름다운 풍경을 뒤로하고 돌아가는 길, 1901년에 개통한 부퍼탈의 명물 교통수단인 슈베베반에 몸을 실었다. 슈베베반은 선로에 매달려 도심을 운행하는 모노레일이다. 오래된 객차의 분위기나 흔들흔들 이동하는 속도감이 순수한 묘미를 더한다.

창밖으로는 공업 도시 특유의 녹슨 색감이 오후의 햇살과 겹쳐지고 있었다. 대롱대롱 매달려 부유하는 느낌으로 가파른 부퍼강 사이를 지나간다. '대롱대롱 매달린'이라는 유쾌한 감각처럼, 내 여름의 날들에도 가벼운 달콤함이 스며들고 있었다.

회화라는 아득한 사유

아티스트 샌 정

오랜 시간 뒤셀도르프에서 작업해온 아티스트 샌 정Sen Chung을 만났다. 그와는 수년 전에 서신으로 인터뷰를 나눈 적이 있었다. 그 후로 이따금 메일로 안부를 주고받았다. 그가 서울을 방문할 때면 예기치 못한 장소에서 만나 대화를 나누곤 했다. 일상적인 뉘앙스로는 표현되지 않는 특별한 대화였다.

뒤셀도르프에서 만난 어느 날 저녁, 우리는 한여름의 달뜬 기분으로 라인 강가에 앉아 길고 긴 이야기를 나누었다. 서울은 서울대로, 뒤셀도르프는 뒤셀도르프대로 그와 나눈 대화는 각별한 기억으로 남았다. 이런 대화를 나눌 수 있는 시간이 평생에 몇 번이나 있을까.

도시의 여행기보다 그와 나눈 이야기를 그대로 옮겨 적는 게 그 어떤 기록보다 더 의미 있을 거라고 생각한다. 적어도 나에게는.

뒤셀도르프는 그 어느 곳보다 회화의 맥락이 깊고 다층적인 도시예요. 이 도시에서 아트와 관련해 가장 흥미롭게 느끼는 지점은 무엇인가요?

"1830년대와 1840년대에 걸쳐 독일의 고전주의와 낭만주의 회화를 심도 있게 전개한 뒤셀도르프 화파를 먼저 꼽을 수 있어요. 그들은 19세기 중반 미국 허드슨 리버 화파◆ 운동에 지대한 영향을 끼치기도 했죠. 또한 2백 년의 역사를 지닌 쿤스트 아카데미와 그 주변의 미술관들이 현대미술을 흥미롭게 받아들이도록 만든 원동력이 되기도 했고요. 뒤셀도르프에서 각각 기차로 30분 거리에 있는 쾰른의 루트비히 미술관과 에센의 폴크방 미술관의 컬렉션도 무척 흥미롭고, 이 도시의 중심 미술관인 K20 미술관의 컬렉션 역시 무게감에서는 뒤지지 않아요."

작품은 결국 작업을 하는 공간과 밀접할 수밖에 없다고 생각하는데요. 뒤셀도르프가 샌 정의 사유에 어떤 영향을 미치고 있는지 궁금해요.

"이 도시는 오랜 시간 미술의 흐름을 지속적으로 모색해왔다고 할 수 있어요. 그런 도시의 추진력이 저로 하여금 예술을 더욱 진지하게 만나게 해요. 가끔씩 찾곤 하는 이곳 미술관의 작품들 역시 그렇죠. 미술뿐 아니라 서서히 뒤셀도르프의 정서에 뿌리내린 하이네의 문학과 슈만의 음악도 저의 작업에 영향을 끼치는 것 같아요. 그들의 글을 읽고 음악을 들으면서 계속 사유하다 보면, 자연스럽게 작업에 젖어들게 되지요."

《Painting Itself》, 《Study Painting》, 《A form to the World》라는 전시 타이틀을 살펴보면 '회화 자체에 대한 사색과 탐구'의 의지가 강하게 느껴져요. '회화' 자체에 대한 질문에 몰두하게 된 계기가

◆ Hudson River School, 미국 풍경화의 한 유파.

있나요?

"작업을 하다 보면 한동안 이젤 앞의 캔버스를 응시할 때가 있는데, 그 시점에 작품의 요소들을 새롭게 인지하게 돼요. 그런 뒤에는 새삼스레 미술사와 저의 작품 세계를 보다 객관적인 거리에서 주시하는 시간을 거듭 갖게 되고요. 다시 말해 '회화'라는 본질적인 큰 산을 다른 측면과 다른 깊이에서 받아들이는 거예요. 그리고 실질적으로 팔레트 위의 색들과 화면 위에 그어지는 선들의 본질적 의미, 페인팅 자체의 형식을 작품의 중심축에 두게 되면서 회화의 기본 요소를 기반으로 하는 소위 'Contemporary Painting'에 집중하게 된 것 같아요. 그렇게 색상, 불규칙한 선, 컬러 톤의 변화만으로 저의 생각을 더 많이 표현하면서, 감성적인 노스탤지어와 멜랑콜리의 상징으로 사용되던 직접적인 레퍼런스가 줄어들었어요."

빈 캔버스에 붓질이 시작되는 순간, 캔버스를 마주하고서 어떤 사색의 과정을 거치나요?

"빈 캔버스, 팔레트 그리고 붓. 이 단조로움에서 오는 영감은 가끔 가장 넓은 회화의 세계로 들어가게 만들어요. 잠시 또는 한동안은 직관의 시간이 찾아와요. 페인팅이라는 세계에서 시작되는 또 하나의 학습이자 다른 세계에 대한 도전이라는 암시 속에서 응시가 길어지는 거죠. 화면에서 일어나는 첫 번째 파문은 직감에서 비롯돼요. 캔버스는 비어 있는 것만으로도 대기의 감각을 허락하는 공간이니까요. 이렇듯 생각의 숲에서 일어나는 소용돌이와 잔

잔함을 시각화하면서 고민이 반복되고, 결국 그림이 시작되는 긍정적인 불균형의 과정이 돼요."

현재 집중하고 있는 '회화 그 자체'라는 주제도 결국은 '재현'이라는 회화의 본령에서 출발했을 것 같아요. 재현에 충실한 작품들, 옛 거장들의 풍경화나 종교화에 대한 입장은 어떤가요?

"유럽의 옛 거장들이 그린 대작을 통해 '재현'의 회화적 정신을 마주하게 된다고나 할까요. 시모네 마르티니, 일 사세타, 티치아노에서 푸생, 앵그르와 코로까지 이어지는 거장들의 작품들에서는 고전적인 진지함이 느껴져요. 그들의 신화와 자연을 향한 고찰은 고전주의 정신이 영원한 가치에 다가설 수 있는 가능성을 확인시켜준다고 생각해요. 얼마 전 런던 내셔널 갤러리에서 파올로 우첼로의 〈산로마노 전투〉라는 작품을 보았을 때, 마치 진정한 하나의 독립된 세계를 보고 있는 듯한 감흥을 느꼈을 정도니까요."

어느 소설가는 "삶이란 지루함을 견디는 것"이라고 했어요. 예술가에겐 예술이 지루함을 이기는 방법이 될 수도 있겠다는 생각이 드는데요. 무엇이 페인팅이라는 이 지난하고도 끝이 보이지 않는 작업을 계속하게 하는 걸까요?

"어린 시절 지루했던 어느 날, 하늘 아래로 매 한 마리가 선회하던, 깊이를 알 수 없는 풍경이 떠오르네요. 작품을 만드는 과정은 때로 수도원의 원칙처럼 담담하고 단조로운 형식 안에 있다는 생각이 들어요. 저는 페인팅이 하나의 우주일 수도 있다고 보는데,

이 페인팅이라는 우주 안에서 무중력에 가까울 정도로 느린 흐름이 자연스럽게 그리고 천천히 그다음 작품을 구상하도록 만드는 것 같아요."

다른 매체와 달리 회화에는 엄연히 기술 진화의 역사가 축적되어 있어요. 이 시대에도 여전히 회화가 지속될 수 있는 이유는 무엇일까요?

"2만 년의 역사에서 회화는 단순한 '흥미로움' 이상의 영역이었어요. 땅바닥에 무언가를 끼적거리는 것에서 진화한 회화는 표현의 역사에서 맨 앞쪽에 자리한다고 봐요. 선사미술이나 아이들의 그림처럼 원시적인 수준에서도 회화는 내면세계를 직접적이고 투명하게 전달할 수 있는 매체라는 것을 입증하죠. 시간이 흐르면 흐를수록 회화는 그 자체의 힘과 가치로 인해 더욱더 중요해지리라고 생각해요. 인간의 생각과 정신은 시대를 초월해 회화라는 형식에서 심도 있게 누적되리라 확신합니다."

'무엇이 회화인가?'라는 주제는 다양한 시각에서 여러 시대의 작가들이 질문하고 표현해왔어요. 샌 정에게 가장 영감을 주거나 여전히 흥미로운 작가가 있다면요?

"회화사의 연표에서 각 대가들의 위치는 마치 하나의 장엄한 다리를 지탱하는 큰 바위와 같아요. 4세기나 떨어져 있지만, 15세기의 피에로 델라 프란체스카와 19세기의 폴 세잔은 다음 세대에게 회화를 이해하는 새로운 지평을 열어주었다는 점에서는 별 차

이가 없다고 봐요. 특히 세잔이 말년에 보여준 '수욕도' 연작은 여전히 저에겐 큰 영감을 줍니다."

샌 정이 생각하는 독일적인 미감이란 무엇인가요?

"독일의 낭만주의와 표현주의에는 보이지 않는 세계에 대한 경외감과 노스탤지어가 내재해 있어요. 특히 깊은 숲을 배경으로 펼쳐지는 상상력이 무척 인상적이에요. 그림 형제가 쓴 「라푼젤」, 「백설공주」, 「헨젤과 그레텔」 그리고 「잠자는 숲속의 미녀」가 그렇죠. 그들이 어두움과 신비로움 속에서 빚어내는 또 다른 세계는 독일인의 감성에 깔려 있는 극도의 섬세함을 가장 쉬운 언어로 전개하고 있는 듯해요. 이렇듯 매혹적인 정서와 뉘앙스는 철학적인 미감을 던져주지요. 화가 카스파어 다비트 프리드리히 작품의 배경처럼 독일인의 정서는 우수 어린 감상 곁으로 열리는 한줄기 빛과 같은 숭고미에 깊이 뿌리내리고 있다고 생각해요."

샌 정, 〈무제〉, 캔버스에 유채, 160x130cm, 2016년.

렘브루크라는 이름

그 여정의 시작은 뒤셀도르프의 K20 미술관이었다. 콘크리트 벽에 떨어지는 굵은 빛줄기와 벽 사이에 놓인 가느다란 사람의 흉상을 찍은 고요한 사진 한 장이 눈에 들어왔다. 제목은 〈렘브루크 뮤지엄에서〉. 안드레아스 거스키Andreas Gursky의 사진이라고는 믿기지 않을 만큼 명상적인 분위기를 풍겼다. 그는 주로 스펙터클한 현대 사회의 요동치는 광경을 엄정한 사진으로 담아온 작가가 아닌가.

'렘브루크 뮤지엄'은 그렇게 내 메모장 한 귀퉁이에 적혔고, 이듬해 여름 다시 독일 여행을 떠날 내적 동기가 되었다.

1881년 독일 뒤스부르크에서 태어난 빌헬름 렘브루크Wilhelm Lehmbruck는 독일 근대 조각사에서 빼놓을 수 없는 예술가다. 청년 시절 고전주의에서 출발해 1910년부터 4년간 파리에 머무는 동안 조각가 마이욜과 로댕에게 매료되었다. 그때부터 그는 인체의 풍만한 완결성, 공간과 덩어리 사이의 독특한 긴장감을 표현하며 독일 근대 조각의 탄생을 예고했다.

그러나 '정신적이고 내면적인 조각'을 향한 순수한 몰입을 세상은 쉽게 허용하지 않았다. 세계대전이 발발하면서 그는 베를린의 프리데나우 야전병원의 위생병으로 근무하게 되었고, 이어 종군 화가로서 스트라스부르로 전출되었다. 전쟁의 참사가 불러일으킨 공포는 예민한 영혼에 깊은 상흔을 남겼다. 결국 1919년 그는 서른여덟 살이 되던 해에 스스로 생을 마감하고 만다.

천재적인 재능은 그렇게 일찍 세상에서 사라지는 듯했다. 하지만 1950년대 중반부터 독일 미술계는 빌헬름 렘브루크에 주목했고, 그의 작품들을 모으기 시작했다. 그의 작품이 뒤스부르크와 독일의 역사와 정체성을 대변한다고 보았기 때문이다. 그리고 마침내 1964년 빌헬름 렘브루크 미술관을 개관했다.

우연히 마주친 사진 한 장으로 뒤스부르크까지 오면서, 이 만남을 주선한 백 년 전에 죽은 예술가의 존재를 떠올렸다. 중앙역에서 내려 미술관이 위치한 칸트 공원까지 가는 길은 7월의 녹음이 싱그러웠다. 작은 공업 도시에 흘러넘치는 문화적인 풍요로움이 바람결에서도 느껴지는 듯했다.

15분쯤 걸어가자 개방감이 확연히 느껴지는 새하얀 건물이 나타났다. 이 미술관을 설계한 이는 흥미롭게도 렘브루크의 아들 만프레드이다. 아버지에 대한 기억이 고작 6년에 불과했던 아들이 어느덧 견실한 건축가가 되어 아버지에게 헌정하는 미술관을 지은 것이다. 얼마나 애틋한 마음이었을까….

어둠에 이끌리듯 건물 왼쪽의 렘브루크 룸으로 서서히 걸어 들어갔다. 전시장 내부의 벽체와 바닥은 어두운 색감의 노출 콘크리트로 마감되어 있고, 천장의 원형 창 사이로는 반듯한 직사광이 떨어지고 있다. 콘크리트의 어두운 회색을 배경으로 렘브루크의 조각들은 저마다의 위치에서 거친 숨을 내쉬고 있다. 여인의 토르소, 한쪽 무릎을 굽히고 미묘한 율동을 만들어내는 여자, 몇 개의 음울한 두상들이 명상적인 공간 안에서 고요한 그림자를 만들어낸다.

그 곁에 가로로 길게 누운 그의 대표작 〈패배〉 쪽으로 발걸음을 옮긴다. 어떠한 장식품도 옷도 걸치지 않은 알몸으로 쓰러진 채 죽어가는 남자. 꺾여버린 자신의 의지를 오로지 처절한 몸짓으로만 증명해 보이는 남자는 렘브루크 자신의 초상이 아니었을까.

유리 벽 너머 중정에는, 한 발을 내디딘 채 시선을 높이 두고 있어 상승 의지가 느껴지는 한 남자의 몸짓이 눈에 띈다. 일 년 전에 뒤셀도르프에서 보았던 거스키의 사진 속 구도와 같은 자리를 서성이며 조각들의 빛 그림자를 눈에 담았다.

햇살이 추상의 실루엣을 그리는 내내 예술가의 절규에 동참해 보려 했지만 어떠한 진실에도 가닿을 수 없었다. 티켓과 함께 구입한 작은 책자 안에서 빌헬름 렘브루크의 흑백 사진을 간신히 발견했다. 굳게 다문 입술, 힘을 준 미간, 깊은 눈매에서 섬세하고 예민한 감성이 훅 하고 지나가는 듯했다.

토마스 만은 그의 소설 속에 이런 절묘한 문장을 남겼다.

"예술은 자기에게 봉사하는 사람의 얼굴에 환상적이고 정신적인 모험의 흔적을 아로새겨 놓는다."

그의 얼굴을 찬찬히 응시하고 있자니, 알 수 없는 난처함이 밀려왔다. 우연한 여정에서 발견한 빌헬름 렘브루크라는 존재가 그 순간 내 마음속에서 기쁨이었는지 슬픔이었는지 도무지 종잡을 수 없었다.

시골 콜링

여행지에서도 '시골'이 주는 감흥은 색다르다. 알아주는 문화 소비자인 나는 여행을 할 때도 대도시 중심으로 여정을 짠다. 그래서 도시 여행의 피로감이 밀려오면 아무런 자극도 없는 여행지 속의 또 다른 은신처가 간절히 필요해진다.

브란덴부르크 주의 슈트렐리츠Strelitz는 베를린에서 북서쪽으로 백 킬로미터 정도 떨어진 마을이다. 오락가락하는 3월의 베를린 날씨가 몸의 컨디션을 불안정하게 만들어버린 것인지, 잠시라도 시골로 떠나고 싶었다.

베를린에서 아침 일찍 기차를 탔다. 창밖으로 끝없이 펼쳐지는 허허벌판은 내가 어디로 가고 있는지 가늠할 수 없을 만큼 단조로웠다. 한 시간을 달려 도착한 슈트렐리츠의 작은 간이역에서 플랫폼에 내린 이는 나뿐이었다. 예약해둔 농가로 들어가려면 택시를 타야 하는데, 이런 곳에 우버 택시가 다닐 리 만무했다. 역 앞에 대문짝만 하게 적힌 콜택시 번호를 용감하게 눌렀다.

"슈트렐리츠 역 앞으로 택시 한 대 부탁합니다."

5분 후에 도착한 중년의 기사에게 주소를 내밀었다. 택시 유리

창 밖으로 보이는 벌판은 기차에서 보던 것보다 더 단조로웠다. 문득 독일의 땅 크기를 실감했다. 20분쯤 달려 널찍한 울타리로 자신의 경계를 알리는 농가로 들어섰다.

포르스트하우스Forsthaus. 오래전에 마구간으로 쓰던 건물을 개조해 게스트하우스로 운영하는 곳이다. 발바닥으로 전해지는 축축한 흙의 쿠션감에 금세 기분이 좋아진다. 레스토랑으로 쓰는 노란색 집으로 들어가 체크인을 하는데, 숲에서 꺾어 온 새하얀 튤립 다발을 손에 든 직원이 열쇠를 건네며 내게 말한다.

"보스가 당신의 방을 업그레이드 해주라고 했어요. 저쪽 들판 한가운데에 있는 오두막인데, 아주 특별한 방이에요. 아마 오늘 밤은 진짜 휴식을 취할 수 있을 거예요."

울타리 너머로 꽤 멀리 있는 진짜 오두막이었다. 진정한 고립 상태를 마련해주려는 주인의 배려로 받아들이기로 했다. 삼면이 유리로 된 단정한 방은 제법 넓었다. 커튼을 열다가 불현듯 기척이 느껴져 소스라쳤다. 순간, 슬그머니 내 앞을 지나가는 당나귀와 코끝을 마주쳤다. 그나마 유리창이 아슬아슬한 경계가 되어주어 다행이었다. 조그만 양이 당나귀의 꽁무니를 뒤쫓아 가는 모습을 보며 웃음이 났다.

이로써 하루 동안의 고립이 시작되었다.

어두워지자 허기가 느껴졌다. 농가의 셰프가 투숙객을 위해 요리해주는 디너 코스를 예약해두었다. 레스토랑은 벽난로의 온기로 따듯했고, 천장에서 길게 늘어뜨린 작은 램프들이 어둠 속에서 반짝였다. 여기서 혼자 앉아 있는 사람은 나뿐이지만, 이 순간을 만끽해보기로 한다.

맞은편의 기다란 테이블에는 두 팀의 커플이 앉아 있다. 오늘 처음 만난 사이가 분명한데도 인사를 나눈 뒤부터는 함께 깔깔거리며 차례로 와인 잔을 기울인다. 영어와 독일어가 뒤섞이며 끊임없이 이야기가 이어진다. 함께한 자리에서만큼은 '최고의 친구'가 되어주겠다는 듯 서로 어울려 하나가 되는 유럽인들 특유의 친화력과 오픈 마인드는 여전히 낯설다.

직접 기른 가축에서 얻은 고기와 농장에서 재배한 채소로만 요리한 오늘의 코스가 내 앞에 놓이기 시작했다. 검은깨를 묻혀 납작하게 구워낸 한입거리를 시작으로 완두콩 소스를 올린 농어 구이, 레드 와인으로 졸여낸 닭고기 안심, 그리고 이름을 알 수 없는 몇 가지 음식이 장장 세 시간에 걸쳐 서빙되었다.

시골의 밤이라기엔 너무 쿨한 음악이 홀로 식사하는 시간을 메워주더니, 아까부터 어슬렁거리던 집채만 한 덩치의 개가 내 발등을 베개 삼아 드러눕기까지 한다. 오묘하기도 하고 유쾌하기도 한 풍경과 야릇한 감정이 피로와 함께 범벅이 된다. 와인을 한 잔도 마시지 않았는데도 취기가 오르는 듯하다.

가까스로 일어나 바깥으로 나간다. 멀리 불빛이 반짝이는 오두막까지는 온통 칠흑 같은 어둠이다. 아이폰의 플래시를 켜고 더듬더듬 걸어간다. 뭔지 모를 동물의 울음소리가 귓가에 들려온다.

오두막에 도착하자마자 곧장 욕조에 물을 받았다. 굳이 커튼을

닫을 필요가 없었다. 바스 솔트를 녹여서 주황색이 되어버린 뜨거운 물속에 누워 잠깐 동안 서울의 꿈을 꾸었다.

여행 중에 한 겹의 레이어를 들춰 어떤 미지의 세계로 들어가버린 것만 같은 시간. 잠시 기우뚱한 감각을 느끼며 눈을 깜빡이고 있자니 강둑, 초원, 수양버들, 아침 안개, 수문, 벌레… 이런 단어들로 촘촘하고 자유롭게 글을 쓰고 싶다는 생각이 거품처럼 떠올랐다.

유토피아를 들춰내는 남자

여러 번 엇갈린 뒤에야 이루어지는 일이 있다. 그와 다시 만나게 된 건, 제대로 세어보니 7년 만이다. 울리히 피들러. 그는 빈티지 가구 컬렉터이자 베를린에서 디자인 가구 전문 갤러리galerie ulrich fiedler를 운영하고 있다.

1986년 쾰른에서 갤러리를 시작한 뒤로 20세기 초반의 모던 디자인 가구들을 소개하며 옹골차게 자신의 컬렉션을 만들어가고 있는 남자. 가구를 사고파는 일이 주 업무지만, 자신의 컬렉션을 지키는 일collection keeper에도 무게를 두고 있다.

본격적으로 베를린을 여행하기 시작한 2015년, 몸젠슈트라세에 있는 그의 갤러리를 처음 방문했다. 메일로 예약을 하고 방문한 갤러리는 서베를린의 부유한 정취가 배어 있는 백 년이 넘은 아파트였다. 누구에게나 열려 있는 공간이라기보다 '닫혀 있는' 공간 쪽에 더 가까운 내밀한 곳이라, 약간이라도 열정과 용기가 있어야만 찾아갈 수 있을 것 같았다.

옛 주거 공간에 툭툭 놓인 루크하르트 형제의 조명과 의자들, 마르셀 브로이어 의자에 앉아 조용히 업무에 열중하던 피들러 씨의 부인 카트리나, 미스 반데어로에의 MR10 의자와 노란 테이블이 갖춰진 부부의 다이닝룸, 발코니 밖으로 살랑대는 다채로운 초록의 움직임…. 아직도 처음 방문했을 때의 기억이 뚜렷하다. 그 후로 베를린에 올 때면 늘 갤러리의 문을 두드렸지만, 피들러 씨는 파리에서 휴가 중이거나 전시 업무차 다른 도시에 머물고 있었던 탓에, 나의 일정과는 매번 어긋났다.

7년 만에 다시 찾아간 나를 그는 알 듯 모를 듯한 표정으로 맞아주었다. 갤러리에는 미스 반데어로에의 가구들이 놓여 있었다. 정말로 미스와 '함께 살고' 있는 듯했다. 그는 미스 반데어로에가 자신이 창조한 공간을 설명할 때의 우아한 제스처를 사랑한다고 말했다. 마침 베를린에서는 미스의 마지막 역작인 노이에 갤러리의 재개관과 더불어 '미스 다시 보기' 열풍이 불고 있었다.

흑단 나무로 만든 우아하고도 날렵한 테이블, 미스의 강직한 면모를 닮은 듯한 니켈 플로어 램프, 둥근 사이드 테이블 MR130, 그리고 대나무로 짠 초창기 MR10 의자까지, 몇 가지 가구들이 공간에 스며들듯 정갈하게 놓여 있다. 벽에 기대어 피들러 씨는 이렇게 말했다.

"르코르뷔지에, 루트비히 미스 반데어로에, 게리트 리트벨트, 마르셀 브로이어, 에일린 그레이는 20세기 디자인의 기준을 세운 이들이에요. 세상을 변화시키려는 열망에서 태어난 20세기 초반의 디자인에는 유토피아적인 의지가 담겨 있죠. 1920년대 당시에 제작된 초창기 아이템들에서는 그런 유토피아적 면모가 더욱 분명하게 드러나요."

1980년대 초 그는 군 복무 중 쓰레기 수거함에서 미스 반데어로에의 의자를 끄집어낼 때 자신 속에 숨겨진 디자인에 대한 열망을 알아차렸다. 첫 소장품이 된 의자는 어디서도 볼 수 없는 녹청색 캔버스의 초기 오리지널 작품이었다. 이후 이 비범한 물건의 이력을 뒤지면서 20세기 디자인의 넓고 깊은 역사와 디자이너들의 인간적인 모습에 빠져들었다.

'디자인'이라는 거대한 개념이 이끈 모든 만남은 그의 인생을 더욱 생생하게 견인했다. 트럭을 몰고 여러 도시의 벼룩시장을 이리저리 전전하던 그가 이제는 고객 명단에 유명 박물관의 이름을 올려놓을 만큼 전문가가 된 것이다. 바우하우스의 출범 백 주년에 맞춰 2019년에 문을 연 데사우 바우하우스 뮤지엄이 그에게서 40여 점의 아이템을 구입했을 정도다.

"점점 더 찾기 어려워지고 있지만 우리는 초기의 오리지널 작품만 다뤄요. 어떤 때는 내가 전에 팔았던 걸 다시 구입하기도 하죠. 가구 하나하나의 진위 여부와 히스토리를 꼼꼼히 따져보고 그 여정을 좇아가려고 해요. 각각의 가구들이 지금 어느 곳에 소장되어 있는지 늘 살펴보는 식으로요. 저는 일종의 탐정 역할을 한다고 볼 수도 있어요."

빌헬름 바겐펠트가 1923년에 바이마르에서 은판으로 제작한 찻잎 보관함, 마르셀 브로이어가 1927년에 제작한 암체어, 크리스티안 델의 니켈 테이블 램프 Type K…. 컬렉션의 면면을 보면 녹이 슬거나 색이 바랜 캔버스처럼 백 년이라는 긴 시간의 흔적으로 가득하다.

"제 고객들은 아파트를 아름답게 꾸미기 위해 가구를 사는 사람들이 아니에요. 디자인의 역사에서 그 오브제의 가치를 이해하는 사람, 그리고 자신의 컬렉션을 더 풍성하게 하려는 사람들이죠. 가구의 기능이나 쓸모는 문제가 되지 않아요. 역사적인 가치는 늘 장식과 기능을 능가하게 마련이니까요."

피들러 씨의 컬렉션을 보고 있노라면 가구와 오브제를 대하는 태도에 대해 다시 생각해보게 된다. 그는 하나의 가구가 어떤 역사를 가지고 있는지 면밀히 살피고, 누구의 손에서 어떻게 왔는지 밀도 있게 추적한다.

이 세상의 디자인 열광자들을 꿋꿋이 상대하며, 20세기 디자인의 진지하고 낙관적인 감수성을 공고히 다져나가는 인생. 피들러 씨가 걸어온 모든 여정은 나로 하여금 모던의 시대를 한껏 탐험하고 싶은 욕망을 부추긴다.

pioneers
of modern
design

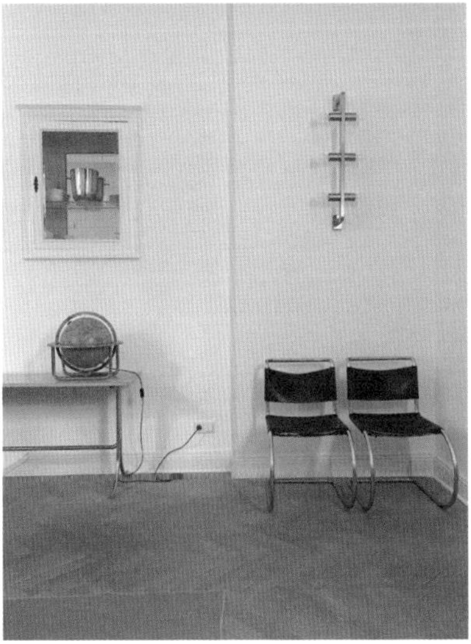

예술이 점유한 천년의 성

“내가 절대로 벗어날 수 없는 것은 독일이고, 독일인이라는 사실이다.” 화가 게오르크 바젤리츠Georg Baselitz는 자기 존재를 ‘독일적인 것’으로 규정하는 듯하다. 그는 또 이런 말도 남겼다. “나에게 절대적인 화가는 키르히너이다. 사실 누구보다 마티스의 그림이 훌륭하다고 생각하지만 나에게 키르히너일 수밖에 없는 건 나의 출신과 관련된다.”

이렇듯 그는 태생의 절대성을 강조한다. 독일에 속해 있는 자신은 물론이고 자신이 이룩한 예술적인 성취조차 운명적인 기원과 연결 지으려는 완고한 태도. 바젤리츠라는 이름도 자신의 고향 도이치바젤리츠를 그리워하며 지은 작가명이다.

그를 추적하다가 알게 된 사실이 하나 더 있다. 그가 1974년부터 무려 32년 동안 니더작센의 어느 시골에 있는 거대한 성에서 그림을 그리며 살았다는 것. 1200년대에 처음 세워진 이 성은 지역 영주의 소유였다가 이후 수백 년 동안 수도원으로 사용되었고, 다시 뮌스터 가문의 소유로 넘어갔다. 그러다 20세기에 이르러 바젤리츠에 의해 예술 쪽으로 방향이 틀어진 것이다.

규모를 가늠할 수 없는 거대한 성안에 커다란 캔버스들을 무심히 던져놓고 그는 추락한 독일의 영웅, 환영 같은 기억들, 곤고한 실존들의 초상을 맘껏 표현했다. 캔버스와 전쟁을 벌이기 위해서는 자아의 은신처가 필요했던 것일까? 아니면 공간의 제약으로부터 자유로워지려는 극단적인 선택이었을까?

그러나 바젤리츠는 지난 2006년, 자신의 은신처였던 데르네부르크 성Derneburg Schloss을 영국의 컬렉터 홀 부부(앤드루 홀과 크리스틴 홀)에게 매각한다. 헤지펀드 매니저로 일하며 불린 재산으로 홀 부부는 20여 년간 미술품 컬렉팅을 지속해왔는데, 이 성을 구입해서는 뮤지엄으로 탈바꿈시켰다.

뮤지엄이라니! 이 소식을 접한 그날 밤, 나는 마지막 남은 레일패스를 그곳에 가는 데 쓰기로 결심했다.

다음 날 아침, 베를린 중앙역에서 하노버행 열차에 올랐다. 두 시간 만에 도착한 하노버에서 다시 지역 열차를 타고 40분을 더 달려 데르네부르크 성에 도착했다. 간이역에 내린 건 역시 나뿐이었고, 성까지는 30분을 더 걸어가야 했다.

이따금 자전거를 타고 지나가는 사람들이 "할로!" 하고 인사를 건넸다. 여전히 푸른 들판과 잎이 떨어진 앙상한 자작나무만이 이어지는 풍경 속으로 빠끔히 주황색의 뾰족 지붕이 나타났다.

성은 메인 홀 외에도 온갖 부속 건물과 공원, 연못을 포함한 드넓은 부지를 품고 있었다. 뮤지엄의 티켓을 끊고 고성의 육중한 문을 열고 들어섰다. 아름다운 돌계단, 화려한 궁륭, 스테인드글라스를 통과해 들어오는 다채로운 빛…. 그 사이로 토크웨이스 다이슨의 아슬아슬한 설치 작품이 긴장감을 고조시킨다. 흑인 사회의 첨예한 정치적 상황을 건조한 블랙 아크릴로 은유한 그녀의 작품은 이 고전적인 공간에 좀 더 머물기를 요청하는 듯하다.

이어지는 방들에는 수전 로젠버그의 말馬 그림들이 시적인 울림을 주고, 바젤리츠의 세 쌍둥이 같은 캔버스들은 마치 그 자리에서 이제 막 창조된 것처럼 매달려 있다. 과도한 진지함이 늘 내 마음을 짓누르던 안젤름 키퍼의 〈겨울 숲〉은 이번에도 스펙터클하게 독일의 비극을 진술한다.

작품들은 하나같이 유구한 공간의 역사성에 맞서서 조금도 기울지 않는 팽팽함을 유지하고 있었다. 그럼에도 긴 시간이 흘러간 장소의 흔적들은 자기도 봐달라는 듯 오래된 뼈대와 냄새, 삐거덕거리는 소리로 존재감을 호소한다.

자신들의 취향을 예리하게 벼려낸 결과물이나 다름없는 이 컬렉션들을 홀 부부는 왜 이토록 외진 독일의 성에서 펼쳐내고 있는 걸까. 이 컬렉션이 "독일적인 것을 꿰뚫는 궤적"이라는 앤드루 홀의 표현으로 짐작해보면, 그들이 전후 독일 미술을 유난히 좋아하기 때문일 것이다. 혹은 대도시나 이미 고정된 아트 신이 존재하는 곳을 벗어나 제3의 영역에서 이 진귀하고 개별적인 예술작품들을 '다시 보도록' 하려는 의도일지도 모른다. 낭만주의 정서가 배어나오는 티룸에 앉아 다르질링을 마시며 이 예외적인 장소가 전하는 공백과 채움, 그 사이의 화려한 틈에 대해 생각해본다.

1층의 회랑은 과거 수도원이었던 흔적이 쓸쓸하게 드러나는 장소다. 수십 년 전, 회랑의 바닥에서 수십 개의 유골이 발견되었다는 사실이 좀 으스스했지만 오히려 이런 뉘앙스를 잘 살려낸《수난The Passion》이라는 기획 전시는 꽤 탁월했다. 유럽 역사의 가장 중요한 주제라고 할 수 있는 '예수의 십자가 고행'을 현대미술이 어떻게 표현하고 비틀었는지를 보여준다.

덴마크의 작가 엘름그린과 드락셋이 하이퍼리얼리즘에 가까운 유머를 담담하게 풀어낸 불경한 삼위일체, 로버트 롱고의 14개 십자가의 행렬, 데미언 허스트의 유리 십자가에 누운 해골, 요셉 보이스의 신화적인 콜라주, 피와 인체 절단을 불가해한 영상으로 재현한 헤르만 니치의 〈약국The Phamacy〉까지….《수난》에 참여한 아티스트들은 도덕적 질문과 불경한 항의를 반복하며 종교적 스펙트럼을 더욱 넓혀주고 있었다.

시간은 재빨리 저물었다. 먼 길을 다시 떠나야 하지만 예술이 점유한 이 초월적인 영지는 계속해서 나를 매혹하며, 발길을 붙잡았다. 지나왔던 방을 다시 되돌아 나가는데, 아까는 보이지 않았던 창밖의 나무들과 허물어져 가는 돌탑이 눈에 들어왔다. 야릇한 흥분을 느끼며, 내 안의 어디에선가 떠오르는 레비나스의 문장을 힘껏 끌어안았다.

"여기에는 환대가 있고, 기대가 있고, 인간적인 영접이 있다."

하루짜리 함부르크

북독일이라는 지역과 가장 잘 어울리는 도시는 아무래도 함부르크 같다. 도시의 풍경이 꽤 서사적으로 읽히는 곳이기 때문이다. 벽돌과 사암으로 구축한 건물들이 지배하는 무거운 도시의 색채, 사나운 날씨에 저항하는 완강함 같은 것이 엿보이기도 한다.

한편으로는 오랜 시간 무역으로 자본을 축적한 도시답게 화려한 부의 취향이 절제 없이 드러나기도 한다. 카를 라거펠트와 질 샌더 그리고 요하네스 브람스가 탄생한 곳이라고 한다면 어떤 창의적인 뉘앙스가 더해질지도 모르겠다.

함부르크에 온 이유는 애초부터 막연했다. '도시의 무드를 좀 느껴보고 싶어서'라는 모호한 의지는 중앙역에 도착한 순간부터 퍼붓는 비와 함께 발걸음을 머뭇거리게 만들었다. 목적지가 없는 여행은 무작정 걷다가 마주치는 것과 교감해야 하는데, 마침 가장 가까운 거리에 '쿤스트할레 뮤지엄'이 있다. 비를 피해 은신할 만한 장소로 미술관만 한 곳이 또 있을까?

쿤스트할레 뮤지엄은 19세기 초반 시민들의 자발적인 의지로 세워진 웅장하고 우아한 미술관이다. 이곳에서는 인상파 화가 마네의 기획 전시가 열리고 있었다. 'Painting the Gaze'라는 부제를 따라 마네를 '응시'하기 위해 모여든 이들로 이미 뮤지엄은 인산인해다. 역시 인상파는 언제 어디서나 가장 강력한 뮤지엄 블록버스터가 된다.

댄디한 청년이 아침 식탁에 살짝 기대어 어딘가를 바라보는 〈아틀리에에서의 아침 식사〉는 뮌헨을 떠나 잠시 이곳에 걸려 있다. 에밀 졸라의 소설 속 주인공을 재현한 〈나나〉는 뮤지엄이 자랑하는 소장품으로 관객들이 겹겹이 비집고 서서 하염없이 바라보고 있다. 히틀러가 미술품을 은닉했던 지하 7백 미터 아래의 소금광산에서 1945년 미군이 발견한 〈온실에서〉는 마치 아무런 일도 겪지 않았다는 듯 우아한 남녀의 비밀스러운 한때를 그리고 있다.

뒷짐 지고 스르륵 지나가듯 그림을 보는 나와 달리 대부분의 나이 든 관객들은 다양한 제스처를 쓰며 마네를 분석하듯 보고 있었다. 늘 느끼는 바이지만, 그림을 앞에 두고 끊임없이 나누는 그들의 대화 속에는 능동적인 감상 그 이상의 애착이 느껴진다. 일찍이 마네의 작품을 꼼꼼하다 못해 강박적으로 분석한 푸코의 책을 떠올려 보면, 유럽인들의 끊임없는 '옛 그림 뜯어보기'는 어쩌면 가장 유희적인 자기 확인의 과정이 아닐까 하는 생각마저 든다.

항구 쪽으로 걷기 시작한다. 붉은 벽돌 창고 건물이 늘어선 풍경을 좌표 삼아 다리를 건너갔다. 불현듯 어디선가 후각을 자극하는 진한 커피 향이 흘러나오기에 그곳을 찾아 걷는다. 커피가 함부르크에 도착한 건 1600년대 초반. 이후 이 거대한 항구를 통해 커피는 전 유럽으로 퍼져 나갔다.

냄새를 따라간 옛 항구 창고 안의 로스터리 카페는 흡사 뱃사람들의 아지트처럼 크고 시끌벅적했다. 뮌헨에서는 누구나 맥주를 마시듯이 함부르크에서는 모두들 커피를 마신다. 운동장만 한 카페 한쪽에선 여전히 낡은 프로밧 로스터를 돌려 가며 커피콩을 볶고 있다. 신맛이 먼저 느껴지는, 새까만 에스프레소를 한 잔 들이켜고 나니 다시 짙은 구름이 몰려왔다.

서둘러 S반을 타고 알토나의 숙소로 돌아가는 내내 함부르크만의 이 독특하고 세상 어디에도 없는 풍경에 대한 묘사를 어디선가 읽은 기억이 희미하게 떠올랐다. 숙소에 돌아오자마자 노트를 뒤져보니, 온종일 상기된 내 마음을 떠돌던 말은 토마스 만의 소설 속 문장이었다.

> 박공 건물이나 뾰족 탑들, 회랑과 분수 같은 이상하게 위엄 있는 옛날의 정든 건물들로 겹겹이 둘러싸인 것을 느끼고 또한 아득한 꿈나라에서 부드럽고 예리한 향기를 가져다주는 바람, 그 거센 바람이 다시 얼굴에 부딪히는 것을 느끼자, 곧 마음에는 엷은 비단 폭과 안개의 장막이 덮어씌워졌다.

냉철하고 고결한 소설가의 짧은 문장엔 오늘 이 도시에서 보고 느낀 것들을 통과한 '인상의 결정체'가 담겨 있었다. 집주인이 키우는 검은 고양이가 거실에서 울기 시작했고, 알토나에 내리는 비는 바람과 함께 더욱 거세지고 있었다.

Hamburger Abendblatt

하릴없는 날의 소요

지난 한 달 동안 프랑스 쪽 알프스와 이탈리아 북부 그리고 뮌헨을 여행했다. 너무 시리고 먼 길을 지나왔던 걸까. 베를린에 도착하자마자 몸이 견딜 수 없이 무거웠고 차가운 공기가 못내 괴로웠다. 휴식이 필요하다는 몸의 신호는 늘 정직하다.

마침 친구 샛별의 집에서 지낼 수 있어서 다행이었다. 의무감에 눌린 어떤 스케줄도 없이 그저 시장을 보고, 뜨거운 국물 요리를 만들어 먹고, 욕조에 바스 솔트를 진하게 풀어 목욕을 한다. 하루, 이틀…. 그리고 문밖이 궁금해졌을 때 이 동네가 품은 것들을 헤아려보았다.

샤를로텐부르크, 이곳은 옛날에 서베를린이라 불린 지역으로 역사적, 문화적 스토리가 풍성한 곳이다. 제2차 세계대전 이전까지 문화예술의 중심지였던 사비니 광장, 베를린에서 가장 큰 쇼핑가인 쿠담, 그밖에 뮤지엄과 갤러리도 아쉽지 않게 포진해 있다. 새삼스레 동네가 새롭게 느껴진다.

차가운 녹차를 가득 담은 텀블러를 들고 가벼운 슬리퍼 차림으로 문을 나선다. 하릴없는 날의 소요逍遙, 샤를로텐부르크에서도 충분히 즐길 수 있을 것 같다.

샤를로텐부르크 성Charlottenburg Schloss

어쩌면 이 지역의 이름이 이 성에서 기인하지 않았나 싶다. 1699년 프리드리히 3세가 아내 소피 샤를로테를 위해 지은 여름 별장이다. 아내를 위하는 남자의 애틋한 마음은 이탈리아 바로크 양식의 우아함과 사랑스러움으로 드러난다. 베를린에 온 것이 벌써 몇 번째인데 뭐가 그리 어려웠는지 이 성에는 처음 들어가 본다.

응접실, 서재, 침실 등으로 이루어진 유럽의 전형적인 궁전이지만, 충격적일 정도로 놀라운 곳은 온통 중국과 일본의 도자기들로 꾸민 '포르첼란 카비네트'다. 바닥부터 천장까지 온갖 형태의 도자기들이 매달려 있다. 강박과 열망이 낳은 일종의 도자기 분더카머인 셈이다. 샤를로텐부르크 성은 여인의 공간답게 스케일보다는 초록색, 분홍색, 겨자색으로 꾸민 아기자기한 색채 감각이 돋보인다.

성 뒤로 펼쳐진 프랑스식 정원은 모두를 위한 무대가 된다. 이른 아침에 서툰 조깅을 하며 친구와 깔깔거리고, 더위를 식히며 밤의 산책을 즐겼던 곳. 어느 여름밤엔 잔잔한 호수가 펼쳐진 정원의 끝에 앉아 친구와 서로의 속내를 꺼내기도 했다. 아기들의 웃음소리가 반짝이는 햇살과 함께 흩어진다. 성안을 탐험하거나, 성 밖을 거닐거나, 어떤 선택을 하든 게으른 오후에 걸맞은 가벼운 사색에 빠지게 될 것이다.

브뢰한 뮤지엄Bröhan Museum

이곳을 방문하면 늘 마음이 들뜬다. 브뢰한 뮤지엄에는 아르누보, 아르데코, 유겐트슈틸 양식의 가구와 세라믹, 공예품이 주로 전시되어 있기 때문이다. 18세기 도자기와 아르누보 작품들을 주로 수집한 카를 하인츠 브뢰한Karl Heinz Bröhan의 컬렉션이 뮤지엄의 출발점이 되었다.

이 열정적인 컬렉터는 1889년에서 1939년 사이에 탄생한 온갖 흥미로운 것들에 모든 걸 쏟아부었다. 대부분 엑토르 기마르, 앙리 반 데 벨데, 페터 베렌스, 요제프 호프만 등 과거의 장식과 결별하고 새로운 스타일을 탄생시키는 데 한 시절을 바친 이들의 작품들이다.

전시장엔 그들이 만든 장식장과 캐비닛, 침대, 의자, 소파, 램프, 다양한 패턴의 벽지가 가득하다. 식물이 품고 있는 신비한 비정형의 유려한 곡선, 그리고 격자무늬…. 그들은 과하다 싶을 만큼 다양한 장식 요소를 활용하며 장식시대의 끝을 원 없이 누렸다.

마지막 층의 유리 진열장에는 희미하게 모더니즘을 예견하는 온갖 접시, 유리잔, 티팟들이 빛을 발한다. 너무 짧은 시간 동안 존재했기에 더욱 신기루처럼 느껴지는 그 시대의 물건들…. 브뢰한 자신도 곧 끝나버릴 이 극단적인 미의 몸짓에 매료되었던 것이 아니었을까.

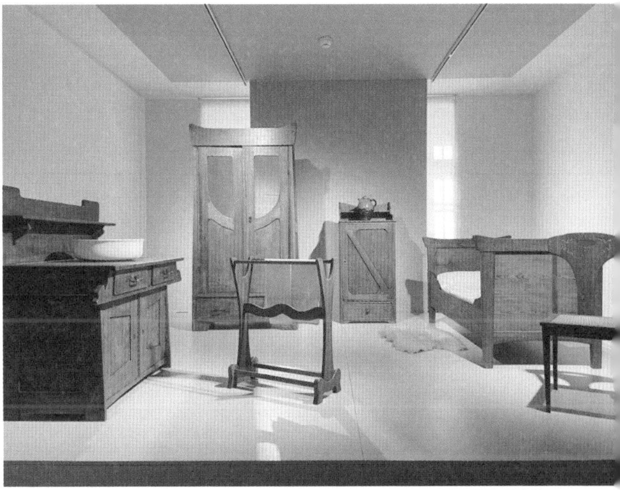

베르그루엔 뮤지엄Berggruen Museum

샤를로텐부르크 성의 건너편에는 신고전주의 양식의 단정한 건물이 서로 마주 보고 서 있다. 그중 하나가 베르그루엔 뮤지엄이다. 유대인 딜러였던 하인츠 베르그루엔Heinz Berggruen의 압도적인 컬렉션을 모아두었다.

전쟁 전에 망명한 그는 파리와 뉴욕 등지에서 일찍이 피카소, 파울 클레, 마티스 등을 만나 격의 없는 예술적 우정을 나누었다. 덕분에 이곳에서는 피카소의 작품들을 제대로 볼 수 있다. '피카소의 일대기'를 한눈에 살펴볼 수 있을 정도로, 청색시대와 장미시대부터 큐비즘, 콜라주, 입체파 단계에 이르는 그의 작품 120여 점이 소장되어 있다.

자코메티의 〈서 있는 여인 Ⅲ〉이 아슬아슬하게 서 있는 나선형 계단을 소리 없이 지난다. 한 계단 두 계단 오를 때마다 자코메티의 비율이 공간 안에서 움직인다. 피카소의 도전적이면서도 처연한 아름다움이 느껴지는 〈앉아 있는 광대〉, 〈녹색 손톱의 도라 마르〉, 그리고 말년의 〈투우사와 누드〉를 지나면서 위대한 예술가의 한 시대를 목격한다.

"큐비즘은 앞, 뒤, 옆 도처에 존재하지만 어디에서 오는지 알 수 없는 향기에 가깝다."

피카소가 남긴 말이다. 그 어떤 예술가가 피카소만큼 예술과 사랑과 삶에서 그토록 신비로움과 명료함을 견지했던가! 베르그루엔 뮤지엄에서 바라보는 피카소의 작품들은 이상할 정도로 정겹다. 거부할 수 없는 천재이자 뜨거운 냉혈한인 그의 성정이 지워지고, 다정한 친구에게 작품을 내보일 때의 풋풋한 기대와 간곡한 표정이 머릿속에 그려진다. 베르그루엔이 피카소의 절친한 친구였기 때문일까? 둘이 어느 정도로 친밀했는지는 알 수 없다. 하지만 분명한 건 베를린에서 보는 피카소는 파리에서 본 피카소와 다르다는 것이다.

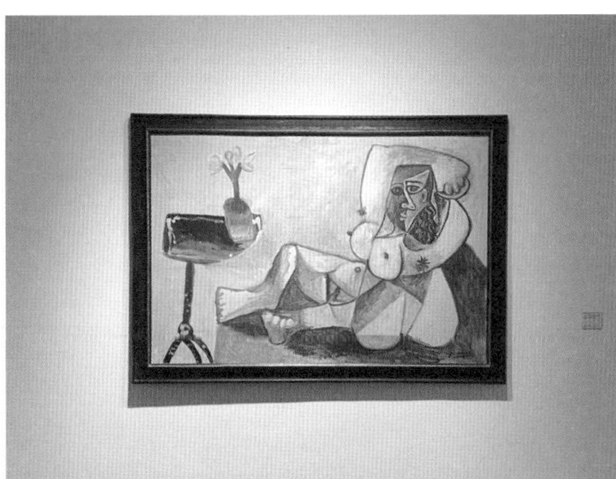

그로피우스의 방

바이마르는 내가 감당할 수 있을 정도의 정감 어린 예쁨이 느껴지는 도시다. 이곳에서 떠오르는 이름들의 무게에 비하면, 도시의 리듬이 경쾌한 모데라토라는 게 놀랍기까지 하다. 인구 6만 명에 중앙역에서 구도심까지 15분이면 걸어서 당도할 수 있는 도시의 규모는, 내가 가장 이상적으로 여기는 스케일이다.

좁은 골목마다 피어 있는 꽃나무들, 회반죽으로 마감한 옛집의 녹색 벽, 광장의 정갈한 가로등과 날렵한 자전거들, 조그만 성과 푸름이 선명한 목가적인 공원…. 작은 도시의 초봄이 펼쳐내는 풍경 앞에서 걸음마저 가벼워진다. 국민 극장 앞에는 괴테와 실러의 동상이 나란히 서 있고, 여기서 조금만 걸어가면 유럽에서 가장 아름다운 도서관으로 손꼽히는 안나 아말리아 도서관을 만날 수 있다.

그뿐인가. 요한 제바스티안 바흐가 이곳에서 한 시절을 보냈고, 바이마르의 유럽인이라 불린 프란츠 리스트가 이곳에서 학생들을 가르친 덕분에 국립음악대학에는 그의 이름이 붙어 있다. 바이마르 공국의 궁정화가였던 루카스 크라나흐가 살았던 흔적도 곳곳에서 만날 수 있다. 바이마르는 이렇게나 영화로웠다.

그리고 백 년 전, 바이마르는 '바우하우스'라는 이름으로 다시 한 번 강렬한 문화적 각인을 새긴다. 1919년 바우하우스는 이곳에서 출범했다. 앙리 반 데 벨데가 지은 바이마르 미술공예학교 건물에 간신히 둥지를 튼 그로피우스는, "건축, 조각, 회화가 하나로 통합된 미래의 새로운 건축을 함께 열망하고 계획하고 창조하자!"라는 당찬 선언문을 발표했다.

데사우로 이전하기까지 바우하우스의 바이마르 시절은 6년에 불과했지만, '처음'을 개척한 이들에겐 도취적이면서도 막연한, 유토피아적인 급진성이 존재했다. 내가 바이마르까지 온 건 그 절박함의 흔적을 보고 싶어서였다.

당시의 바우하우스 건물은 지금도 '바이마르 바우하우스 대학교'로 사용되고 있다. 건물 안에서는 무엇이든 할 수 있다는 표정의 젊은이들이 활기차게 오간다. 강의실에서는 예술, 건축, 그래픽 수업이 이어진다. 벽에는 정연한 타이포그래피의 워크숍 포스터가 빼곡히 붙어 있고, 학생들은 조심스레 건축 모형을 머리 위로 들어 올린 채 각자의 강의실로 향한다. 여기저기에서 열띤 논조의 대화가 들려온다.

계단을 오르내리며 헤르베르트 바이어가 그린 사각형과 삼각형, 빨강과 파랑을 모티프로 한 벽화를 여러 각도로 바라본다. 이 작품을 완성한 1923년 당시에 그는 바우하우스의 학생으로서 타이포그래피를 집중적으로 연구하고 있었다. 이후 그는 바우하우스의 그래픽 디자인 공방의 교수가 된다.

한 건물 맨 꼭대기의 나선형 계단에는 오스카어 슐레머가 그린 인간 군상이 춤을 추듯 날고 있다. 건물의 구조에 맞춰 표현된 예술작품에서는 공학적인 낭만성이 느껴진다.

무엇보다 오늘 내가 꼭 봐야 할 곳은 다름 아닌 그로피우스의 방이다. 1923년에 기획된 대규모 전시회를 위해 만든 공간으로 그의 조형적, 개념적 표현 의지를 모두 구현한 곳이다. 이곳에 들어가려면 미리 가이드투어를 예약해야 한다. 아쉬운 건 독일어 투어밖에 운영하지 않는다는 것. 한마디도 알아듣지 못하는 긴긴 설명이 이어지는 동안, 그의 독일어 한마디 한마디가 얼마나 주옥같았을까 생각하니 아쉽기 그지없었다.

중년의 도슨트는 한 시간이 넘는 투어의 마지막에 겨우 그로피우스 방의 문을 열어주었다. 가로와 세로, 높이가 동일한 정육면체의 공간에 정사각형 테이블, 그리고 사각형이 주조를 이룬 그로피우스의 노란 소파가 놓여 있다. 막대형 관등을 직각으로 연결한 게리트 리트펠트의 조명이 천장을 기하학적으로 구획하고, 빨강, 파랑, 노랑의 색면과 선으로 패턴을 짠 카펫은 방에 율동감을 더한다. 가히 모던의 진수라 할 만하다.

하나의 공간이 이처럼 완전무결할 수 있을까? 그로피우스의 방은 기하학적인 엄격함을 기반으로 장식과 기능, 협업의 결정체를 바우하우스적 미감으로 표현한 전시장 같다. "예술적인 형태 구성은 사치가 아니라 삶 자체의 일이어야 한다"는 그로피우스의 말이 맴돈다. 당시의 강령과 오늘날 바우하우스를 소비하는 '하이엔드 스타일' 사이의 간극은 얼마나 우스운 역설인가.

바이마르에는 또 다른 바우하우스의 흔적인 암 호른 주택Haus am Horn이 있다. 이곳 역시 1923년에 열린 바우하우스의 첫 번째 전시를 위해 게오르크 무헤가 설계한 집이다. 콘크리트와 강철 프레임을 사용해 저렴하면서도 대량 생산이 용이한 주택을 선보이려는 목적으로 지어졌다. 평지붕에 단조로운 정사각형 구조를 기본으로 각 방의 기능과 효율을 최대한 살린 실험적인 주택 형태다.

마르셀 브로이어가 디자인한 테이블과 의자, 알마 지드호프 부셔가 만든 어린이를 위한 알록달록한 가구, 특히 베니타 코흐-오테의 주방은 당장이라도 들어가서 살고 싶을 만큼 감각적이면서도 기능에 충실한 시스템을 갖추고 있다.

물론 미술잡지 『쿤스트블라트Das Kunstblatt』의 발행인인 파울 베스트하임처럼 "바이마르에 사흘만 있어 보면, 누구도 사각형을 쳐다보려고 하지 않을 것이다"라며 바우하우스 스타일을 비판한 사람도 적지 않았다. 하지만 그의 비판을 뒤집어 생각해보면, 바이마르의 여정 끝에는 정말이지 사각형에 의한, 사각형을 위한 인상만 남는다고 할 수 있다. 바우하우스 강령의 핵심 중의 핵심이자 완고한 형태로서 말이다.

하나의 사각형을 더 대면할 여력이 있다면, 2019년에 오픈한 '바우하우스 뮤지엄 바이마르'를 추천한다. 그곳에서는 형태만이 아니라 정교한 타이포그래피의 텍스트와 가구, 세라믹, 패브릭, 조명 등 바우하우스가 낳은 실체 하나하나를 목격할 수 있다. 고작 하루나 이틀 묵어가기엔 바이마르에 쌓인 과거의 이야기들이 너무도 많다.

XIV. Internationales Bauhaus-Kolloquium
Bauhaus-Universität Weimar 10 12 4 2019
XIV. Internationales Bauhaus-Kolloquium
Bauhaus-Universität Weimar 10 12 4 2019

SEKRETARIAT

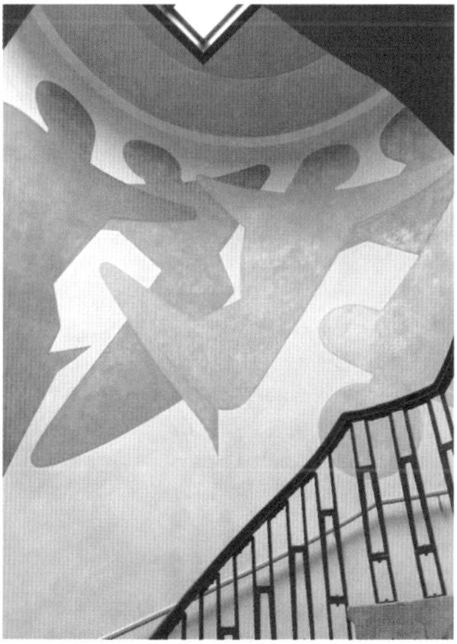

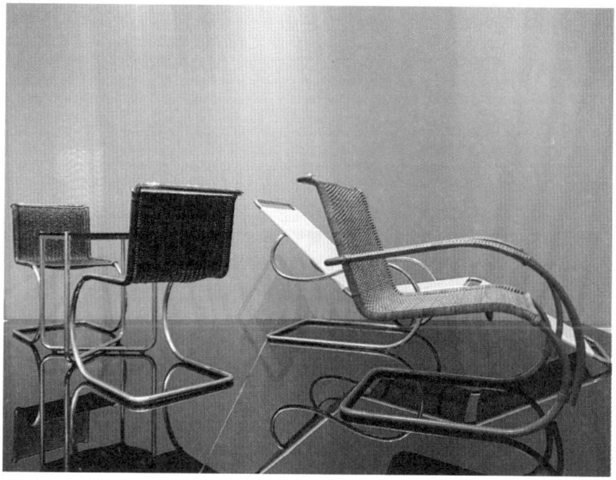

수필이 되는 밤

패트릭 헬만의 슐로스 호텔 베를린

Schlosshotel Berlin by Patrick Hellmann

베를린 서쪽의 그뤼네발트라는 드넓은 숲은, 빼곡히 솟은 나무들과 깊이를 알 수 없는 너른 호수를 품은 채 신비로운 기운으로 우리를 매료시킨다. 패트릭 헬만의 슐로스 호텔은 그뤼네발트 초입에 은신처처럼 숨어 있다. 그야말로 클래식한 베를린의 전형을 만날 수 있는 장소다.

이 저택은 후기 고전주의 양식으로 지어졌다. 황제 빌헬름 2세의 변호를 맡은 뮌헨의 변호사 발터 폰 판비츠가 거주지를 베를린으로 옮기면서 1914년에 완공됐다. 세계대전 이후에는 크로아티아 대사관과 영국군 클럽 등으로 사용했다. 디자이너 카를 라거펠트가 삼 년에 걸쳐 대대적인 디자인 보수 작업을 마무리하고 나서 1994년에 호텔로 문을 열었다. 현재는 독일의 디자이너 패트릭 헬만에게 인수되어 그만의 모던하고 감각적인 터치가 가미되었다.

호텔을 찾은 때는 녹음이 짙어가는 초여름이었다. 브람스 거리에 위치한 호텔 입구에서 진입로를 따라가면, 우아한 붉은 지붕의 대저택이 모습을 드러낸다. 주변은 온통 초록으로 둘러싸여 건물의 위용을 부드러운 기운으로 감싼다.

호텔 로비에 들어서면 '패트릭 헬만의 수트'를 입은 직원이 정중한 인사를 건넨다. 그에게선 독일인답지 않은 쾌활한 친절이 묻어난다. 오래된 책상에 앉아 체크인을 하는 사이 끊임없이 살가운 대화를 건넨다.

내가 묵은 방은 이그제큐티브 스위트로, 거실과 침실이 분리된 개방적인 구조다. 그레이 톤의 모던한 공간에 간결하지만 장식적인 가구들이 놓여 있고, 다양한 각도로 커팅된 벽과 모서리에서는 라거펠트의 재치가 묻어났다. 사이드 테이블에 놓인 웰컴 카드가 정겹게 반겨주고, 창밖으로는 그뤼네발트 부촌의 풍요로운 풍경이 펼쳐졌다. 무거운 몸을 공중으로 띄워줄 것만 같은 푹신한 침대에 누워 긴장된 설렘을 다독이다가 잠시 눈을 감았다. 밤이 내리자 호텔의 분위기는 더욱 신비로워졌다.

다음 날 아침 창문으로 햇살이 비치니, 방 안의 풍경은 또다시 새로워진다. 조식을 먹으러 간 레스토랑은 온실처럼 온통 유리로 둘러싸여 있어 모든 것이 투명하게 빛난다. 더운 음식은 은색의 보온기에 덮여 있고, 치즈와 샐러드, 갓 구운 빵은 새하얀 도자기에 정갈하게 세팅되어 있다. 테이블 중간에는 초록 잎이 풍성한 백합 화병이 천장의 고풍스런 샹들리에와 멋지게 어울려 마치 잘 조율된 디스플레이처럼 완벽한 풍경을 만들어낸다.

창밖의 우람한 나무들이 초록의 싱그러움으로 빛나는 찰나, 풀밭 위의 나뭇잎들을 허리 숙여 줍고 있는 호텔 직원들의 정중한 손놀림에 시선이 머문다. 이 모든 아름다움 속에서 느끼는 편안함은 저들의 수고로움이 만들어낸 것이리라. 그러니 베를린에서의 비범한 하루를 꿈꾼다면, 주저 없이 슐로스 호텔을 찾으라고 속삭이고 싶다.

더 크베스트 쾰른The Qvest Köln

내게 쾰른은 서쪽 독일 여행의 출발점이 된다. 어느 곳에서건 기차만 타면 빠르고 편리하게 당도할 수 있는 이점도 있지만, 여행의 국면을 새롭게 바꿔줄 마음속 호텔이 쾰른에 있기 때문이다.

쾰른에는 지어진 지 천 년이 넘는 일곱 개의 로마네스크 교회가 있다. 크베스트 호텔은 그중 하나인 성 게레온 교회와 같은 광장에 면해 있다. 원래는 쾰른 시의 문서보관소로 1897년에 지어진 네오고딕 양식의 건물을 개조한 호텔이다. 아담해서 사랑스러운, 그러면서도 역사의 위용이 느껴지는 장소다. 호텔의 파사드는 꼭대기가 수직으로 뾰족해지는 고딕 양식을 장식적으로 활용했고, 아치형 창문에는 투조 장식격자가 더해져 밤에 노란 불이 켜질 때면 더욱 드라마틱해진다.

이 호텔을 방문하는 건 벌써 네 번째다. 오래된 건물로 들어설 때는 묘한 긴장감이 감도는데, 이곳은 고작 하룻밤 묵어갈 곳이라 긴장감도 스르르 풀어진다. 작은 리셉션 프런트엔 직원이 늘 한 명뿐이어서 매번 친밀한 응대가 오간다. 다른 투숙객들과 마주치는 일도 드물다. 작은 규모의 호텔은 특유의 조곤조곤한 무드가 있다. 이번엔 로비 층의 스위트룸에 묵기로 했다.

광장으로 난 커다란 창과 높은 층고가 개방적이다. 커다란 킹사이즈 침대에 걸터앉아 잠시 숨을 고르며 방 안의 모든 것을 찬찬히 살펴본다. 침대 바로 옆에는 아르네 야콥센의 AJ 램프가 놓여 있고, 창으로는 종일 밝고 따스한 햇살이 들어온다. 책상 위에 놓인 플로스Flos의 타치아 램프가 압도적인 존재감을 발산하며 넓은 방의 구심점이 된다. 하나의 벽을 가득 채운 커다란 페인팅은 방의 공기를 예술적으로 감싸준다.

이곳에 자꾸만 오게 되는 이유가 있을 터이다. 아마도 호텔 객실마다 디자인이 모두 다르다는 게 가장 큰 이유가 아닐까. 모든 방은 20세기 모던 디자인의 정수라 할 미스 반데어로에, 마르셀 브로이어, 찰스&레이 임스, 아르네 야콥센 같은 이들의 제품들로 채워져 있다. 그래서 묵어보지 못한 '다른 방들'이 못내 궁금해지는 것이다.

집요하지만 때론 느슨하게 역사와 모더니티를 연결하는 감각은 객실 밖의 공간에서도 엿보인다. 로비에는 미스의 빈티지 바르셀로나 체어가 놓여 있고, 회랑처럼 쭉 뻗은 2층 복도에는 작은 라이브러리를 마련해서 아트 북과 매거진들을 모아두었다.

조식이 준비된 1층의 다이닝 바에는 블루가 가득하다. 온통 파란 계열의 찰스앤레이임스 라폰다 체어로 채워졌기 때문이다. 자리에 앉자마자 직원이 커피와 빵, 과일, 치즈, 신선한 주스를 3단 트레이에 세팅해준다. 벽엔 플로스의 '포글리오 벽등'이, 천장에는 산드라 린드너가 디자인한 클래시콘 사의 '셀레네' 유리 볼 펜던트 조명이 꿈처럼 불을 밝히고 있다.

호텔 맞은편에 위치한 성 게레온 교회의 종소리를 들으며 이 모든 아름다움을 감각하는 시간이 가슴 벅차게 짜릿하다. 여행이 여기서 멈춘다 해도 엔딩 신으로는 제법 괜찮은 그림이 될 것이다.

그렇다 하더라도 다시 지도를 펼친다. 이제는 옛말이 되었지만 지금부터는 '서독' 여행을 꾸릴 참이다. 크베스트 호텔은 무언가의 시작을 밀어붙일 감각과 템포를 느끼게 해주는 곳이다. 호텔의 역할은 그것으로 충분하지 않을까.

쾰른을 걷다

건축가 이은영

한 도시를 알아가는 것만큼 내밀한 경험이 또 있을까. 쾰른은 출발점부터 그랬다. 도시 이름의 악센트에서 풍기는 어떤 강직함, 로마의 옛 도시라는 정직한 단서, 믿을 수 없을 정도로 거대한 대성당, 쾰른의 선인仙人이라 불린 소설가 하인리히 뵐… 이런 지표들이 나를 이 먼 곳으로 이끌었다.

여기에 이 도시를 지긋이 읊어줄 누군가의 인생이 더해진다면 오래된 도시의 비밀스러운 속내가 더욱 명징해질 것만 같았다. 쾰른에서 30년을 살며 진지하게 건축의 길을 걷고 있는 건축가 이은영이 떠올랐다. 그를 만나면 치열하게 살아온 시간과 사색의 층위만큼 이 도시의 이야기가 한층 두텁고 풍성해질 테니까.

베를린의 우중충한 하늘을 떠난 지 네 시간 만에 쾰른의 찬란한 초여름 햇살을 만났다. 싱그러운 공기가 감도는 오후, 무너진 도시 한가운데서 살아남은 쾰른 대성당을 가장 높은 곳까지 올려다본다. 성당 앞 광장에는 화사한 차림에 즐거운 표정을 짓고 있는 관광객들이 낯선 풍경으로 지나간다. 저만치에서 이은영이 날쌘 걸음으로 다가온다. 반갑게 인사를 나누자마자 그는 폭포처럼 이야기를 쏟아낸다.

"저는 쾰른 대성당이야말로 수직적 상승 자체를 표상하는 건축이라고 생각해요. 도시가 성장하면서 사회집단을 하나로 묶을 거대하고 높은 건물이 필요했던 거지요. 그래서 종교적이라기보다 지극히 인간적이고 사회적인 의미가 담겨 있다고 생각해요. 로마가 멸망한 후 9세기 무렵부터 교권 중심의 사회가 되면서 이 도시에는 구역별로 일곱 개의 로마네스크 양식의 교회가 세워져요. 오히려 종교적 진정성은 이 건축물들에 깃들어 있다고 봐요. 바로 이 성 마르틴 교회가 일곱 교회 중 하나예요."

쾰른 대성당에서 멀지 않은 곳에 단정한 성 마르틴 교회가 자리잡고 있다. 교회는 정적이 감돌 만큼 고요했고, 몇 명의 수도자들이 나란히 무릎을 꿇고 기도를 올리고 있었다. 가늠할 수 없을 만큼 아득한 1~2세기경 로마 건축물의 벽체 위에 세워진 종교적인 공간…. 그와 함께 지하로 내려가서 천 년 전 건물의 기둥과 흔적을 보고 나니 '쾰른의 역사'라는 추상적인 단어가 물리적인 실체로 다가왔다.

건축가 이은영의 쾰른 생활은 30년 전, 그가 지금도 여전히 유일한 스승으로 여기는 거장을 찾아오는 여정에서 시작됐다. 바로 오스발트 마티어스 웅어스Oswald Mathias Ungers였다.

"아헨에서 공부를 마치고, 내가 생각하는 건축적 본질을 추구하는 건축가가 과연 누구일까를 생각해봤어요. 찾다 보니 딱 한 사람, 웅어스밖에 없었어요. 내가 추구하는 건축이 과연 몽상은 아닐까 하는 의심이 들 때였는데, 마침 웅어스 선생님이 어떤 실마리로 다가왔고, 곧장 그의 사무소에 들어갔죠."

웅어스는 역사적인 모든 가치를 부정하던 1960년대 유럽의 반항적 흐름 속에서도, 건축적 개념은 역사와 전통을 통해 전달되어야만 한다고 올곧게 주장했다. 역사의 깊이와 정신적인 무게를 건축의 중심에 두고자 한 스승의 처절한 집념은 초창기 시절의 이은영에게 건축에 대한 확고한 신념을 심어주었다.

거대한 입방체의 건물 앞에서 걸음을 멈췄다. 웅어스가 일흔이 넘어서 마침내 고향에 세운 발라프 리하르츠 뮤지엄Wallraf-Richartz Museum이다. 하얀 벽돌 건물이 길모퉁이에 무한히 확장될 듯 견고하게 서 있다. 도로를 따라 이 뮤지엄과 나란히 서 있는 옛 건물들은 언뜻 조화로워 보이면서도 묘하게 다른 축을 형성하고 있다.

"저 끝의 귀르체니히Gürzenich라는 건물은 15세기에 쾰른 시민들의 연회나 무도회를 위한 공간으로 세워졌어요. 시민들의 오랜 일상이 이 고딕 건축물에 담겨 있었지요. 그런데 전쟁 때 폭격을 맞아 건물이 무너진 뒤 1950년대에 루돌프 슈바르츠라는 건축가가 건물을 부분적으로 개조했어요. 그리고 일부는 폐허 그대로 살려둔 채 바로 옆에 웅어스가 발라프 리하르츠 뮤지엄을 2001년에 완성한 거죠. 이곳이야말로 쾰른의 역사적 궤적을 흥미롭게 보여주는 장소라고 할 수 있어요."

6백 년 전에 세워진 시민들의 건물, 전후 1950년대에 루돌프 슈바르츠가 진지한 모색 끝에 개조한 건축, 그리고 웅어스의 합리적이고 논리적인 건축, 이 셋이 연결되는 자리에서 오늘의 건축가는 무엇을 생각하고 있을까?

건축가 이은영은 슈투트가르트 도심에 유럽에서 가장 상징적이며 묵직한 의미를 내포하는 도서관을 세운 바 있다.

"저는 여전히 안정적인 삶에는 관심이 없어요. 그저 옳다고 생각하는 것에 끊임없이 도전하면서 살고 싶어요. 그런 의미에서 슈투트가르트 도서관은 계속 해답을 찾아가는 과정에서 이뤄낸 성과였죠."

슈투트가르트 도서관은 그의 모든 건축적 소명을 쏟아부은 걸작이다. 2011년에 완공한 후 지금껏 세계에서 가장 아름다운 도서관으로 평가받으며, 전 세계 문화 순례객의 발걸음을 설레게 한다. 산만하게 흩어진 도시를 포용하고 인간 회복의 구심점이 될 수 있는 도서관을 꿈꾼 그는, 결국 가장 절대적이며 밀도 높은 건물 하나를 독일 땅에 완성해내고야 말았다.

"그렇게 최선을 다한다곤 했지만 또 부족한 것들이 보이더라고요. 내가 아직도 해야 할 일이 많구나 싶은데 그건 좋게 얘기하면 소명이고 나쁘게 보면 욕심이라고 할 수 있어요. 매일 아침 일어나서 가만히 가늠해보려고 하는데, 쉽지가 않아요."

'소명'이라는 말의 무게를 곱씹으며 천천히 콜룸바로 향해 걸었다. 2007년, 페터 춤토르Peter Zumthor가 세운 콜룸바 뮤지엄은 이제 쾰른의 또 다른 랜드마크가 되었다. 그 시작은 1997년이었다. 전쟁으로 파괴된 역사적인 교회의 폐허 위에 미술관을 세운다는 쾰른 시의 계획 덕분이었다. 당시 이은영도 쾰른 시민들이 휴식할 수 있는 계단 형태의 광장을 제안하며 콜룸바 설계 공모에 참여했다. 도시에 남은 역사적인 경계를 어떻게 우리 시대에 담을 것인가를 스스로에게 질문하며, 틈나는 대로 이곳에 들러 고민에 고민을 거듭했다고 한다.

"우리 시대의 건축에는 우리 시대의 새로운 지층을 형성해야 한다는 것이 제 생각이었어요. '도시의 상처는 치유될 수 있고, 현재의 건축은 그것과 유사한 형태를 지녀야 한다'는 춤토르의 입장과는 정반대였던 거죠."

결국 쾰른 시는 춤토르의 손을 들어줬지만, 이은영이 이 장소를 각별히 여기는 데에는 내밀한 이야기가 숨어 있다. 콜룸바와 마주 서 있는 건물을 바라보며 비밀을 털어놓듯 그가 얘기했다.

"실은 이 건물이 쾰른에서 내가 가장 좋아하는 건축이에요."

견고한 석회석과 수평의 유리창을 번갈아 쌓아 올린 듯한, 언뜻 보면 너무도 평범한 건물 앞에서 그는 상기된 듯 말을 이어갔다.

"1930년에 브루노 파울이라는 건축가가 지은 건물이에요. 모던 건축의 추상성을 갖고 있으면서 동시에 전통 건축의 본성도 지니고 있지요. 번잡한 요소가 하나도 없어요. 그런데 가만히 서 있는데도 건물이 뿜어내는 수평적 다이내믹함이 저에게는 무척 인상적으로 다가와요. 기차가 서 있을 땐 하나의 선의 형태를 가진 물체일 뿐인데, 움직임으로 다가올 때는 투시적으로 엄청난 힘을 발휘하는 것처럼요. 도시 공간 안에서 이 건물이 주는 독특한 임팩트가 아주 좋아요."

명료하고 인상적인 이은영의 표현 덕분에 브루노 파울이 빚어낸 디슈하우스Disch-Haus의 정갈한 선과 면의 흐름이 내게도 곧장 전해지는 것 같았다.

벌써 네 시간째 그와 함께 도시를 걸었고 서서히 어둠이 내려앉기 시작했다. 우리는 함께 누스바우머슈트라세에 있는 그의 사무실로 자리를 옮겼다. 흰 벽에 가득 붙은 다채로운 도면들은 한 치의 오차도 없는 듯 보였고, 직원들은 기다렸다는 듯 번갈아 그를 찾아와 컨펌과 조언을 구하곤 했다. 몇 가지 업무를 신속하게 마친 이은영이 숨을 고르며 이야기를 이었다.

"쾰른이 특별히 좋아서 살고 있는 건 아니에요. 그저 우연히 내 인생이 이렇게 흘러왔어요. 웅어스라는 스승을 따라왔다가 취직도 하게 됐고, 독립하고 나서도 굳이 다른 곳으로 옮길 이유가 없었기 때문에 여기에 터를 잡은 거예요. 건축 일을 하면서 즐거움이나 재미를 추구하는 건 아예 생각해보지 않았어요. 고통스럽더라도 그냥 가는 거죠. 다만 내 삶에 주어진 이 일이 올바른 것인지 아닌지, 그것에만 관심이 있어요."

건축에 대해서, 도시 쾰른에 대해서 담담하게 말을 이어가다가 종국엔 자신의 삶에 대한 이야기에 이르렀을 때, 근처 교회에서 묵직한 저녁 종소리가 들려왔다.

"그런데 요즘은 예정에 없던 고민이 하나 생겼어요. 두 아들 녀석들이 모두 건축을 하겠다는 거예요. 아이들 역시 좋은 건축을 함으로써 나와 함께 건축의 한 명가를 이룬다면 젊은 날에 보따리

하나 싸들고 와서 시작한 이 일이 아름다운 의미로 남을 수 있지 않을까, 그런 생각을 조심스럽게 해봐요."

그가 들려준 이 이야기야말로 가장 인간적이며 동시에 가장 역사적이라는 생각이 들었다. 쾰른에는 그가 온몸을 바쳐 살아온 삶의 한 뼘만큼, 그리고 두 아들이 살아갈 두 뼘만큼 새로운 층위가 쌓일 것이다. 이 도시는 여행자인 나에게 너무 많은 것을 기억하게 해주었다.

TAXI
&
MIETWAGEN
88 88 54 54

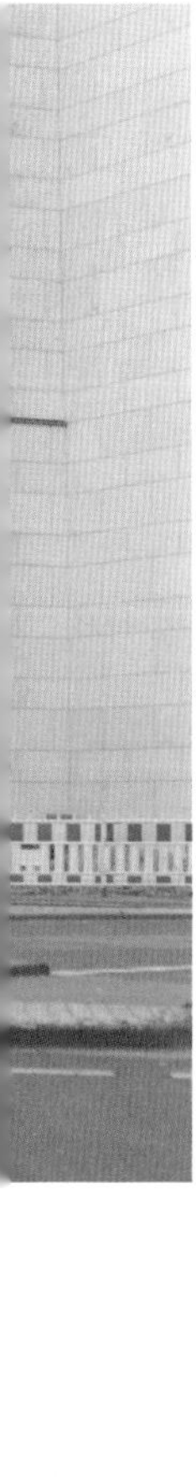

Wallraf-Richartz Museum(맨 왼쪽)

Disch-Haus(위 사진)

인젤 홈브로이히

자동차를 타고 왔다면 이 정도로 감격하지 않았을 것이다. 뒤셀도르프에서 열차로 노이스까지, 노이스 역에서 목적지의 중간쯤까지 버스를 탔다. 그곳에서 다시 갈아타야 하는 버스의 시간표를 확인하니, 1시간 40분 뒤에나 온단다. 인적이 드문 곳만 찾아다니는 여행자는 '기다리는 일'에 마음을 내려놓게 된다. 이제부터 한 시간 반을 잘 보내야만 한다.

지명도 모르는 중간 지점의 마을을 걷다가 작은 이탈리안 바에 들어갔다. 바에는 네 개의 의자만 덩그러니 놓여 있고, 고를 수 있는 메뉴라곤 마르게리타 피자와 라자냐뿐이다. 라자냐를 주문하고 나서, 그것이 구워지는 동안 낡은 오븐을 멍하니 바라보았다. 오븐을 지키는 할아버지는 50년 전, 이탈리아에서 이민 올 때 갖고 온 오븐이라며 자부심을 내보였다. 휴대폰도 충전하고 끼니도 때울 수 있어서, 버스를 기다리는 시간이 지루하지 않았다.

정확히 한 시간 반 만에 버스가 도착했다. 버스는 한참을 달리더니, 저곳이 맞다 싶은 마을을 그냥 지나쳐 계속해서 허허벌판을 내달렸다. 목적지를 놓쳤다고 생각한 나는 버스 기사에게 "혹시 그곳을 지났나요?"라고 물었다. 그는 미안하다는 몸짓을 하고는 곧장 브레이크를 밟고 정거장도 아닌 곳에 나를 내려주었다.

달려온 길을 되돌아 걸어가니, '인젤 홈브로이히Insel Hombroich'라는 작은 표지판이 나타난다. 숲과 늪지대, 너른 들판 그리고 세상으로부터의 고립을 자처한 이 '섬'◆은 뮤지엄이라는 이름으로 나를 반긴다.

노동자의 아들로 태어나 부동산 중개로 큰 성공을 거둔 미술품 컬렉터 카를 하인리히 뮐러Karl-Heinrich Müller는 이 광활한 대지를 매입해 자연과 예술을 경계 없이 만날 수 있는 미술관을 지었다. 그리고 뮐러와 절친했던 조각가 에르빈 헤리히Erwin Heerich, 아나톨 헤르츠펠트Anatol Herzfeld가 동참해 자연 속의 절묘한 자리마다 벽돌 건물을 짓고 조각을 설치했다. 1987년의 일이었다. 얼마간 비밀스러운 발길만 이어지던 이곳이 최근에는 수많은 예술 순례자들을 매료시키기에 이르렀다.

작은 간이역 같은 건물로 들어가 티켓을 사고 지도를 받아들면 비로소 스펙터클한 모험이 시작된다. 초입의 평온한 오솔길을 지나 나무와 들풀 더미를 만나고, 야생의 향기에 살며시 이끌리다 보면 정방형의 벽돌 건물이 나타난다. 빛과 공기만 떠도는 텅 빈 방은 그저 관람객이 낯설게 지나가는 통로이거나, 혹은 안과 밖을 감각적으로 서술한 적막한 공간이 된다.

슬슬 다음에 만나게 될 건물이 궁금해진다. 어떤 형태로 누구의 작품을 품고 있을까. 거대한 대지의 이곳저곳에 점점이 박힌 열여섯 개의 건물들은 그렇게 예상치 못한 곳에서 차례대로 나타난

◆ 인젤Insel은 독일어로 '섬'이라는 뜻이다.

다. 무성한 수풀 사이에서 촘촘히 쌓은 벽돌 벽이 폐허의 조각처럼 등장하고, 이끼 낀 물가 너머에 숨어 있다가 다가갈수록 서서히 위용을 드러내기도 한다. 이 순간의 시각적 경험은 드라마틱하다 못해 꿈결같이 다가온다.

마침내 그림이 걸린 전시장에 도달한다. 풍경 속에 마냥 머물다가 비로소 풍경화 속으로 들어온 느낌이다. 독일의 인상파 화가 로비스 코린트Lovis Corinth의 봄볕처럼 화사한 회화들, 색면 추상의 거장 고트하르트 그라우브너Gotthard Graubner의 푸릇한 화면, 다다이스트 조각가 한스 아르프Hans Arp의 조형적인 캔버스, 그리고 11~12세기 크메르 왕국의 사암 조각들이 미묘하게 어우러진 공간…. 시대와 지역을 초월해 아름다운 것을 수집한 컬렉터의 손과 눈은 이토록 조화롭고 위대하다.

인젤 홈브로이히의 모든 작품에는 타이틀이 없다. 아무런 설명도 친절한 안내도 존재하지 않는다. 감시자의 눈도 없다. 이 공간에서 자연과 예술작품을 평행하게 바라보게 하는 건 오직 관람자의 의지와 지성뿐이다. 이탈리아 출신으로 독일에서 활동한 피아니스트 페루초 부소니Feruccio Busoni는 다음과 같은 통찰력 넘치는 말을 남겼다.

"해석하지 말고 그저 되살려라. 아름다운 것 뒤에 닿아야만 하는 근원이 있다."

어쩌면 이 미술관을 지은 이도 그 근원의 언저리에 도달했는지 모를 일이다. 한낮의 햇살에 지쳐가는 초록의 수풀 곁으로 연못

이 흐르고 있다. 발밑을 간지럽히는 자갈 소리와 '지금을 기억하자'는 마음속의 말이 차례로 들려왔다.

미술관을 절반쯤 둘러보고 피로가 밀려올 무렵 카페테리아가 나타났다. 테이블에 놓인 사과와 빵은 누구나 자유롭게 먹을 수 있다. 나무 그늘 아래의 초록색 철제 의자에 앉아 있는 사람들은 하나같이 이 여정의 여운을 즐기는 듯이 어딘가 초월적인 표정을 짓고 있다. 휴식을 취하고 있다기보다 사색에 빠져 있는 듯하다. 누구에게라도 먼저 말을 건네면 다정한 대화가 끊임없이 이어질 것만 같다.

인젤 홈브로이히에서는 관람보다 산책 혹은 모험이라는 표현이 더 어울릴 것 같다. 두 갈래 길에서 머뭇거리거나 이미 지나온 건물을 멋쩍게 다시 통과하고, 길을 잃은 채 감각을 긴장시키는 일이 빈번히 발생한다. 그러니 이곳을 무사히 통과하려면 한나절은 족히 걸린다. 태곳적의 신비로움을 연상시키는 야생의 비경을 선사하지만, 날씨가 사나울 때는 휘몰아치는 바람을 온몸으로 맞아야 할 것이다.

걷고 또 걷다 보니, 어느덧 내 발자국 소리만 감지하게 되는 몰입의 순간이 찾아왔다.

알테 피나코테크

6월의 유럽에서 만난 사람들은 누구나 "아트 바젤에 다녀왔나요?"라고 물어 온다. 십 년 전쯤 스위스를 여행하다가 우연히 타이밍이 맞아 아트페어를 둘러본 뒤로는 그 현장에 다시 간 적이 없다. 아트 바젤은 동시대의 예술이 가장 드라마틱하게 소비되는 곳임에 틀림없지만 한 번도 그 뜨거운 열기에 동참하고 싶은 생각은 들지 않았다.

그러고 보면 나는 늘 주류에서 슬쩍 비켜난 삶을 살아온 듯하다. 내가 지나온 자리들과 살면서 곁에 두었던 것들, 향유의 대상들과 현재 삶의 좌표까지…. 늘 중심과는 미묘한 거리를 둔 채 아주 조금씩 움직여왔다는 생각이 든다. 본능이었는지, 의도한 선택이었는지는 모르겠지만 지금껏 그런 나의 영역 안에서 만족했고 때론 모종의 고립을 즐기기도 했다.

모두가 바젤을 향해 종종걸음을 치던 무렵, 나는 남쪽 뮌헨으로 내려갔다. 기차에서 내리자마자 북독일과는 사뭇 다른 바이브를 감지하며 곧장 알테 피나코테크Alte Pinakothek로 향했다.

이 도시는 뮤지엄이라는 단어 대신 '그림 수집'이라는 뜻의 그리스어 '피나코테크'를 사용한다. 오래된 그림들을 모아놓은 곳. 장식보다 선이 강조된 신고전주의 석조 건축이 녹색의 대지 위에 펼쳐져 있었다. 이 단단하고 우아한 미술관처럼 도시의 분위기에서는 들뜬 활기보다 본연의 차분함이 느껴졌다.

그리스 건축을 자신의 기반으로 삼은 건축가 레오 폰 클렌체Leo von Klenze는 대공 루트비히 1세의 의뢰로 알테 피나코테크 건설에 착수해 1836년에 완공한다. 이곳의 전시품은 16세기에 바이에른의 공작 빌헬름 4세가 독일의 여러 화가들에게 주문한 소장품들이 기본을 이룬다. 더불어 오랜 시간 바이에른을 지배한 비텔스바흐 가문의 풍부한 회화 유산이 모여 있다.

3백 년이 넘는 왕가의 컬렉션에서는 루벤스, 크라나흐, 뒤러, 반 다이크, 렘브란트, 엘 그레코 같은 거장들의 이름을 발견할 수 있다. 그중에서도 독일이 자랑하는 예술가 알브레히트 뒤러의 전시실에는 1500년의 〈자화상〉, 〈네 사도〉 등 유명한 작품들이 가득하다. 특히 〈파움가르트너 제단화〉는 1988년 4월 어느 날, 한 남자가 염산을 숨기고 들어와 작품에 뿌려대는 바람에 세기의 예술품 테러로 기록되기도 했다.

미술관 2층의 좌측 날개에 위치한 15~16세기 독일 회화의 방을 걷다가 아담 엘스하이머의 그림 앞에 섰다. 수많은 대작들 가운데서 고작 노트북만 한 작은 그림이 나를 붙잡았다. 그 순간은 끌림이라고 해도 좋겠다. 수천 점의 그림 속을 거닐다 보면, 유난히 큰 의미로 다가오는 그림이 하나는 있다.

1609년의 풍경화가 무엇을 말하고 있는지 유심히 보고 또 들여다본다. 화면은 온통 밤이다. 그 밤은 다시 어둠과 빛으로 극적인 대비를 이룬다. 화면을 대각선으로 분할하면 오른쪽은 푸른 밤하늘이고, 왼쪽은 빽빽한 수풀로 둘러싸인 검은 숲이다. 신비로운 밤하늘에 촘촘히 박혀 있는 별과 은하수, 낮게 걸린 보름달의 광채로 어둠의 색조는 시시각각 변해간다.

숲의 가장 어두운 곳에서는 사람들의 무리가 보이는데, 남자가 손에 든 희미한 횃불만이 그들의 존재를 알아차리게 해준다. 말에 올라탄 마리아와 아기 예수 그리고 요셉은 지금 헤로데를 피해 이집트로 피신하는 중이다. 살짝 고개를 숙인 마리아는 두려움과 비밀을 간직한 듯하고, 요셉의 옆얼굴에서는 계시를 받은 자의 확고한 표정이 드러난다.

왼쪽으로 조금 더 깊숙이 들어간 공간에는 소와 양을 곁에 둔 양치기들이 모닥불을 쬐고 있다. 긴박해 보이는 성가족과 달리 평소처럼 빛과 온기를 여유롭게 만끽하고 있는 이들은 세 사람의 도피를 더욱 극적으로 만든다. 별과 달, 모닥불과 횃불은 어두운 공간에 밝은 빛을 비추며 작은 화면 속에 공간감을 극대화한다. 마치 인물들이 두 곳의 무대에 모여 있는 듯하다. 그림의 주제보다는 엘스하이머의 탁월한 표현이 서사적으로 읽힌다.

엘스하이머는 플랑드르의 풍경화를 접하면서 자연광의 복잡한 색조를 연구했다. 베네치아로 가서는 틴토레토의 신비한 빛에 매료되었다. 1600년경 로마에서는 루벤스, 파울 브릴과 교류하며,

특이하게 작은 동판 위에 유화를 그렸다. 〈이집트로의 피신〉은 이 시기에 완성된 작품이다. 인물과 풍경, 서사에 충실했던 시대에도 저마다의 기법과 드라마가 있었다는 사실, 바로 옛 그림이 더 깊이 있게 보이는 이유다.

화석 같은 과거 혹은 유물은 내가 말을 걸 때 비로소 움직인다. 어느 미술관의 아무도 없는 전시실에서 홀로 야릇한 미소가 지어지는 순간이다.

아담 엘스하이머, 〈이집트로의 피신〉, 동판에 유채, 1609년.

내 친구의 집은 어디인가

뮌헨이 내게 사적인 좌표로 인식될 수 있는 건 친구 소니아가 살고 있기 때문이다. 어느 더운 여름날, 수성동 계곡의 한 아틀리에로 보내온 화사한 꽃다발 속에도, 몇 해 전에 보내준 연말 카드에도 '뮌헨의 소니아로부터'라고 적힌 독일어 문구가 선명하게 박혀 있었다.

4년 만에 다시 뮌헨에 온 나는 호텔에 짐만 던져두고 곧장 하이드하우젠에 있는 소니아의 집으로 향했다. 거리를 걷다가 폴짝 뛰어올라 탈 수 있는 트램이 다니는 이 도시는 늘 포근한 정감을 느끼게 한다. 트램에서 내려 길을 건너니 아담한 아시아 레스토랑 옆에 그녀의 집 번지수가 눈에 들어온다.

초인종 소리와 함께 열린 문을 밀고 들어가자 복도에서부터 반가운 목소리가 들려온다. 지어진 지 90년은 족히 지난 알트바우. 사진으로 수없이 보았던 집에 들어서자, 상상으로만 그려지던 인상이 재빨리 수정되고 나의 감각은 현실감을 되찾는다. 방에는 겨자색 리넨 매트가 깔린 나무 식탁과 새하얀 USM 수납장이 놓여 있고, 벽에는 밤의 그림이 걸려 있다. 그리고 이 집에서 가장 눈길을 끄는 블루 벨벳 소파. 그녀를 둘러싸고 있는 것들이다.

어디서부터랄 것도 없이 우리들의 대화가 시작되었다. 예측 불가능한 뮌헨의 봄 날씨, 매일매일 변화하는 서울의 취향, 나날이 성장하는 아이의 에너지, 동네 꽃가게 주인의 인상적인 친절, 요즘의 이런저런 마음 상태까지…. 얘기의 주제는 수없이 고개를 오르내렸다.

8년 전 결혼과 동시에 독일에서 살기 시작한 그녀는, 서울에서 브랜드 홍보를 담당했던 경력을 바탕으로 여전히 다양한 고객과 원격 업무를 진행한다. 그러는 사이 늠름하게 아이를 키우고, 특유의 친화력으로 이웃들과 친밀한 유대감을 형성하고 있었다.

동네의 작은 광장과 놀이터, 집 앞의 베이커리와 이웃집을 오가며 소박하지만 단단한 일상을 꾸려가는 그녀. 이따금 인스타그램에 올라오는 피드에서 보이는 액티브한 사진들과, 우연히 매거진 인터뷰에서 마주친 이야기들에서 늘 진실한 그녀의 삶이 생생히 전해졌다. 자족적인 일상이랄까. 타지에서의 삶과 육아가 힘들다고 하소연하지 않는 꿋꿋한 삶의 태도.

"여기서는 확실히 삶이 간명해지는 것 같아. 사실 이곳에서 맺어지는 인간관계는 대부분 아이로 인해서 생기거든. 꽃집에 가면 '에단! 오늘 무슨 꽃을 갖고 싶니?' 하면서 꽃 한 송이를 선물로 주셔. 그럼 내 마음도 경계가 풀리면서 수월하게 대화가 시작되지. 유치원의 엄마들, 동네 가게 주인들과도 자연스레 커뮤니티가 만들어져서 충분히 소속감을 느낄 수 있어. 내가 서울에서 어떤 일을 했는지 설명할 필요도 없이 현실적인 수준에서 시작하는 관계가 삶을 심플하게 만들어주는 것 같아. 소란스럽지 않고, 서로의 배경에 대해 불필요한 의문을 갖지 않고 살 수 있어서 참 좋아."

그녀는 최근 자신의 은밀한 이야기, 취향과 열망을 결합해 보여주는 플랫폼을 하나 만들었다. 자신의 이름이 주어가 된 소니아 미츠sonia meets, 뒤에 생략된 목적어가 무엇이 될지 가능성으로 남아 있는 동시에 궁금증을 자아낸다. 오랜 시간 교류해온 서울의 예술가, 공예가들과 새로운 오브젝트나 작품을 함께 만들고 소개하는 일종의 기획의 장이다.

"서울에서 만났던 아티스트들이 일깨워준 나의 어떤 면모가 이 플랫폼을 만든 동력이 되었어. 뮌헨으로 오면서 물리적으로 멀어지니까 오히려 그들과 무언가를 도모해야겠다는 결심이 쉽게 섰달까. 첫 번째 프로젝트인 크리스마스 오너먼트도 사실 뮌헨의 프레첼을 모티프로 했어. 가장 간단하게 먹을 수 있는 그 빵의 정서가 나를 따뜻하게 채워주기도 했고, 무엇보다 하트 모양인 점도 참 정겨웠지. 뮌헨에서 발견한 컬러 팔레트나 간판의 서체, 동네 풍경처럼 눈에 띄는 아름다운 것들을 글이나 사진으로 표현해 아티스트에게 전달하면, 그것에 영감을 받아 아티스트가 무언가를 만들어내는 과정인 거야."

그녀가 쏟아내는 말을 듣다 보니, '소니아 미츠'가 단순히 하나의 브랜드나 비즈니스라기보다 순수하게 자신의 내밀한 얘기를 드러내는 장이자 창작 행위라는 생각이 들었다. 남편이 퇴근하는 오후 5시면 그녀는 육아로부터 퇴근한다고 했다. 그때부터는 오롯이 자기와 만나는 시간이다. 방의 조도를 낮게 맞추고 재즈를 들으며 자기 자신에게 몰두한다. 집에서조차 내 시간을 엄격하게 구분하는 것만으로도 많은 에너지를 끌어 쓸 수 있단다. 작업 방식도 그녀답게 똑 부러진다.

뮌헨에 머무는 동안 우리는 거의 날마다 만났다. 거센 바람이 부는 날에도 개의치 않고 거리로 나가 예쁜 책방에 들르고, 집 앞의 식료품점에서 장을 봤다. 어느 날엔 뮌헨식 아침 식사를 함께 즐기기도 했다. 몇 시간씩 거리를 산책하다가 그녀가 나를 위해 기도를 올렸다는 정겨운 교회도 둘러보았다. 다음을 기약할 수 없는 만남이기에 우리는 겨울의 끝자락에서 서로에게 한껏 충실했다.

"자기 동네의 성격을 지켜나가려는 이웃들의 노력이 너무 흥미로워. 작은 광장이랑 놀이터에서 그들과 자연스럽게 이루어지는 만남도 좋고. 무엇보다 으스대지 않고 편안한 리듬으로 생활할 수 있는 하이드하우젠의 삶이 만족스러워."

그녀와 보낸 며칠은 예술의 도시 뮌헨이 아니라 그 이면의 일상적인 뮌헨을 마주한 시간이었다. 바깥을 기웃거리며 궁금해하기보다 자신에게서 발현되는 창조적인 욕구를 진솔하게 표현하는 그녀. 이웃과 소소한 유대를 이어가기 위해 기꺼이 자신의 소중한 시간을 할애하는 일상. 내가 가장 이상적으로 여기는 삶을 내 친구 소니아가 이곳 뮌헨에서 담담하게 살아가고 있었다

빌라 폰 슈투크

토마스 만의 소설에는 뮌헨의 풍경과 거리 이름이 제법 구체적으로 드러난다. 북독일의 음울한 뤼베크 출신인 그가 알프스의 바람이 살랑대는 풍요로운 도시 뮌헨으로 거주지를 옮기면서부터다. 『베네치아에서의 죽음』 초반에는 이런 문장이 있다.

> 때는 5월 초순이었다. (…) 영국 정원은 이제 막 연한 새 잎사귀들이 나오기 시작하였을 뿐 날씨는 팔월 달처럼 무더웠다. (…) 선로가 외롭게 빛을 발하며 슈바빙 방면으로 뻗치고 있는 운게로 가도나 푀링커 방면으로 통하는 가도에도 차 한 대 구경할 수 없었다.

뮌헨에 머무는 동안 길을 걷거나 레스토랑을 나서며 습관처럼 토마스 만의 문장을 떠올리거나 되뇌었다. 이자르 강을 지나 야트막한 언덕길을 오르면서는 어쩐지 그도 이 길을 빈번히 지나다니며 심심한 문장 연습을 해보지 않았을까 하는 상상도 해보았다.

프린츠레겐텐슈트라세 60번지에는 한 예술가의 집이라기엔 과도하게 웅장한 빌라 폰 슈투크Villa von Stuck가 있다. 19세기의 역동적인 뮌헨에서 살았던 화가 프란츠 폰 슈투크의 저택이다. 그가 거주한 곳이자 스튜디오, 음악 살롱, 전시장, 정원 등이 통합된 이 저택은 그가 구축한 하나의 세계라 할 만하다.

프란츠 폰 슈투크는 뮌헨 아카데미 출신으로, 1892년에 출범한 뮌헨 분리파의 창립 멤버이기도 하다. 이후 스위스의 상징주의 화가 아르놀트 뵈클린에게 영향을 받아 상징주의에 깊이 몰입한다. 그 당시의 그림을 보면, 슈투크가 얼마나 탐미적인 19세기 인물인지 여실히 드러난다. 그는 1889년 뮌헨의 유리궁전Glaspalast에서 열린 전시에 출품한 〈낙원의 수호자〉로 금메달을 수상하며, 스물여섯 살에 뮌헨 미술계의 스타가 된다. 이후 주로 신화와 성경의 상징적 모티프를 그만의 신비로운 회화 스타일로 전조轉調한다. 주요 작품으로 〈죄〉, 〈살로메〉, 〈관능〉, 〈목욕하는 수산나〉 등이 있는데, 원죄의 운명을 짊어진 여신이나 여인들을 주제로 삼고 있다. 이 작품들에서 그의 예술적 표현은 죄지은 영혼의 애처로운 모습이 아니라 당당하고 관능적이며, 얼핏 회심의 미소까지 짓고 있는 초월적인 팜 파탈에 이른다. 슈투크의 작품을 보고 독일의 소설가 한스 카로사Hans Carossa가 표현한 말이 절묘하다.

"예술에는 공동체에 대한 인식을 강화하는 작품이 있는가 하면, 우리를 고립 속으로 몰아넣는 작품이 있는데, 슈투크의 작품은 후자에 속한다."

얼음처럼 차가운 바람이 불던 2월의 어느 오후, 나는 빅투알리엔 시장Viktualien Market◆에서부터 천천히 걸어 빌라 폰 슈투크에

◆ 뮌헨을 대표하는 재래시장. 2백 년의 역사를 자랑한다.

도착했다. 1898년에 지어진 이 집은 프란츠 폰 슈투크가 구상한 것으로, 더 정확히는 그의 꿈속에서 비롯되었다고 할 수 있다. 무거운 청동 문을 열고 들어서면 비둘기와 사자, 뱀이 그려진 모자이크 바닥을 밟게 되는데, 마치 폼페이의 대저택에 성큼 들어선 듯 생경하다.

눈부신 황금빛에 홀리듯 따라 들어가게 되는 응접실은 온통 금색 모자이크와 붉은 대리석으로 뒤덮여 있다. 필라멘트 램프와 이탈리아 바로크 양식의 그림, 화려한 무늬의 대리석 벽난로와 사방을 금빛으로 반사하는 거울이 어우러져 영겁의 이미지로 눈을 멀게 하는 방. 마치 고대와 폼페이, 비잔티움, 오리엔트, 르네상스 시대가 한데 뒤섞여 19세기 후반의 것들을 기묘함의 총체로 만들어 버리는 듯하다.

2층으로 오르는 계단은 챕터가 넘어가듯 화사하고 가벼운 느낌으로 바뀐다. 계단 위 하얀 천장과 벽의 상부에는 유겐트슈틸의 전형인 꽃줄기 문양이 장식되어 있고, 남쪽 벽과 작가의 스튜디오로 통하는 입구 위에는 고전적인 부조 작품이 붙어 있다. 천장 중앙에서 늘어진 샹들리에는 연약한 꽃줄기 같은 프레임에 앙증맞은 램프가 매달려 아늑한 빛을 발한다. 여기서 다시 조개 모양의 둥근 천장이 있는 계단을 지나면 작가의 스튜디오로 이어진다.

슈투크의 스튜디오는 신전 같은 엄숙함으로 다시 한 번 긴장감을 고조시킨다. 커다란 살롱 같기도 한 이 공간에서는 예술과 과학이 조우하는 만찬과 연례행사가 자주 열렸다. 파르케Parquet라고 불리는 기하학적인 모자이크 패턴의 마룻바닥, 금빛 별과 장미

꽃이 새겨진 천장 패널, 고대 신전의 프리즈처럼 고전적인 주물 장식을 두른 벽의 상부, 그 아래 벽의 전면을 가득 채운 16세기 브뤼셀의 태피스트리는 누구라도 입을 떡하니 벌릴 만큼 놀라운 광경이다. 당시 뮌헨에서도 가장 진귀한 공간이었을 게 틀림없다.

슈투크의 복잡한 자아는 스튜디오 초입에 세워진 〈죄의 제단〉에서도 표현된다. 그리스 신전 같은 금빛 프레임 속에 들어 있는 그의 대표작 〈죄〉, 목신과 님프가 새겨진 작은 부조, 로마 소년의 대리석 흉상, 조개껍질…. 마치 풀기 어려운 수수께끼 앞에 서 있는 듯, 나의 내면에서 복잡한 감각과 생각이 충돌한다.

슈투크의 머릿속에서 어지럽게 꿈틀대었을 모든 장식, 표현, 상상과 의지가 어떤 난관에도 굴하지 않고 구현된 유일무이한 집. 여기서만큼은 '기계로서의 집'이라는 모더니즘의 거대한 강령도 무력해진다. 불가능은 없다는 듯 모든 가능성으로 열려 있는 우주. 당대의 미감이 최대치로 응축된 빌라 폰 슈투크는 한 예술가의 집요한 욕망으로 완성된 서사시라는 생각이 들었다.

뮌헨 아카데미에서 교수로 재직하던 시절, 그의 제자였던 칸딘스키와 파울 클레가 새 시대의 예술을 향해 달려갈 때, 프란츠 폰 슈투크의 그림은 상징주의의 쇠퇴와 함께 구식으로 낙인찍혀 뒤로 밀려난다. 하지만 불안과 관능으로 꿈틀대는 그의 그림은, 과거로 밀려나 잊히기엔 너무도 신비롭고 뜨거웠다. 세상에 영원히 잊히는 것은 없다.

프란츠 폰 슈투크, 〈죄〉, 캔버스에 유채, 1893년.

조각 속을 거닐다

사진에서 본 공간은 완전무결했다. 쏟아져 들어온 햇살과 육중한 콘크리트 벽의 충돌이 시선을 붙잡는 풍경. 그 완고한 단순함이 강렬하게 나를 자극했다. 헤르만 로자 아틀리에Hermann Rosa Atelier. 사진 밑에 붙어 있는 캡션이 주는 정보는 이게 전부였다.

여기가 어딜까? 내 몸이 가닿을 수 있는 곳이라면 좋을 텐데. 구글링을 해보니, 20세기를 관통해 살았던 조각가 헤르만 로자의 작업실로, 뮌헨의 영국 정원 근처에 위치하고 있었다. 뮌헨이라니! 반가운 마음에 재빨리 재단에 메일을 보냈다. 답장은 감감무소식이었다. 더 절박한 마음을 담아 다시 보냈다. 보름 후쯤 도착한 메일에 "방문은 3월 1일 화요일 오후 4시에 가능"이라고 적혀 있었다.

어느덧 3월 1일, 뮌헨. 강렬한 사진 한 장이 나를 이끈 그곳으로, 종종걸음으로 가고 있다. 지하철에서 내려 엘리베이터를 타고 지상에 나오자마자 난데없는 눈보라가 몰아친다. 조금 전까지 화사한 봄날 오후였는데 말이다. 게다가 구글 지도는 공동묘지를 가로지르라고 안내한다. 지도를 확대해 보니 다른 곁길은 없고, 그것이 유일한 길이다. 죽은 자들의 표석을 곁눈질하며, 죽은 조각가가 살왔던 아틀리에를 뚜벅뚜벅 찾아간다. 눈보라에 맞서며 걷다 보니 실존주의 방랑자가 된 기분이다.

묘지 끝의 출구를 벗어나자 아담한 주택들이 즐비한 거리가 나온다. 주소지 앞에서 두리번거리는 사이, 멀리서 검은색 코트를 입은 할아버지가 손을 흔들며 걸어온다. 마침내 도착한 아틀리에의 문을 열고 정원을 지나니 정방형의 콘크리트가 나타난다. 하늘의 침울한 채도 때문에 콘크리트의 회색이 더 진하게 느껴진다.

1960년에 조각가 헤르만 로자는 이곳의 부지를 매입해 스스로 집을 지었다고 한다. 어떤 기계나 크레인도 동원하지 않고, 직접 양동이로 흙을 날랐다. 나를 맞아준 할아버지는 자신을 로자의 아들 파이트라고 소개한다.

"아버지에게 건축은 부피감이 큰 조각이나 마찬가지예요. 일종의 걸어 들어갈 수 있는 조각인 셈이죠."

아틀리에는 텅 빈 듯했다. 그의 조각이라곤 바닥에 놓인 작은 인물상 하나, 작업대 위에 놓인 남자의 흉상 그리고 리드미컬한 계단 아래에 놓인 추상 조각이 전부다. 밖을 향한 벽의 전면은 온통 유리다. 헤르만 로자가 남긴 한 문장은 그가 얼마나 빛을 열망했는지를 보여준다.

"빛은 단순히 내부를 밝히는 요소가 아니라 하나의 덩어리다. 햇빛은 흐르거나 퍼지거나 기울거나 앉거나 거짓말을 하며 끊임없이 존재한다."

계단을 오르자 안과 밖을 동시에 살고자 한 의지가 더욱 선명해진다. 하늘로 뚫린 둥근 유리는 우주를 비추는 듯하고, 나무 패널로 마감한 천장은 집 안의 공기를 더욱 고요하게 수렴한다. 잠시 앉아서 이곳이 온통 빛으로 가득하다고 상상해본다. 빛은 동시에 그림자를 몰고 왔을 것이다. 그 순간 놀랍게도 한줄기 빛이 들어왔다. 시간을 되돌리는 영사기가 돌아가듯 자신이 건축한 조각 안에서 모델링을 하고, 흙을 매만지고, 돌을 깎는 강건한 몸짓과 소리가 어른거렸다. 조각을 시작하기에 앞서 온 감각을 내면으로 몰아넣는 작가의 시간을 상상하는데, 파이트가 지하로 내려가 보자고 권유한다.

로자의 조각들로 가득 채워진 그곳은 흙냄새와 눅눅한 기운이 함께 올라왔다. 방치된 듯 굴러다니는 흉상들에서 거친 생명력이 느껴진다. 추상화된 인체의 부조, 팔과 다리의 일부, 나무로 깎은 울퉁불퉁한 여인의 나신…. 로자는 늘 사람의 형태에 매혹되었다. 남녀의 인체가 하나가 된 조각을 집어 들며 파이트가 말한다.

"이 작품은 내 결혼을 기념해 아버지가 만들어준 거예요. 하지만 그 첫 번째 결혼은 오래전에 끝이 났죠. 그럼 이 작품은 대체 어디로 가야 하는 걸까요?"

독일인다운 서늘한 농담이 진담처럼 들린다. 빛에 대한 절절한 사랑을 선언하는 듯한 텅 빈 건축물은 처음 경험하는 또 다른 공간의 본질이었다. 무명의 건물에서 건져 올린 내밀한 의미, 헤르만 로자라는 이름, 내 인생에 각인된 빛의 순간, 봄에 맞은 눈…. 조각 속으로 성큼 걸어 들어왔기에 가능한 모든 것이었다.

피아니스트의 도시

피아니스트 김선욱

뮌헨 프라운호퍼슈트라세의 작은 호텔. 아침 일찍 외출을 서두르며 김선욱의 피아노 연주를 듣는다. 베토벤 피아노 소나타 30번. 며칠 귀를 곧추세우고 들어온 탓인지 그의 리듬과 파우제(휴지부)가 내 감각에 부쩍 익숙해진 느낌이다.

오늘 나는 피아니스트 김선욱과 만나기로 했다. 7년 전 연말, 내한 공연차 서울을 찾은 그를 인터뷰한 적이 있다. 음악과 미술, 독일적인 것에 대해 그와 나눈 묵직한 대화가 깊은 인상을 남겼던 터라, 언젠가 다시 이야기를 이어보고 싶다는 바람을 가졌다. 그가 뮌헨에 거주한다는 걸 알게 된 건 얼마 전이다. 용기를 내어 그에게 만남을 청했다. 이 도시의 삶이 궁금하기도 했고, 7년의 시간은 다음 대화가 이어지기에 적당한 간격이기도 했다.

슈바빙의 안다즈 호텔 카페로 가는 길. 그와의 만남은 무난히 이어지던 여행에 삽입된 신선한 스토리 같아서 흐린 도시가 잠시 달리 보였다. 곧 잊을 수 없는 기억이 아로새겨질 것이다. 정확히 10시 반에 칸트처럼 그가 나타났다. 집에서 걸어서 이곳까지 왔다는 그는 이미 뮌헨의 리듬에 익숙해진 듯 보였다. 눈빛과 손짓, 두툼해진 체격에서 완숙한 연주자의 면모가 느껴졌다.

베를린에 거주하다가 뮌헨으로 오셨는데요. 여기서의 생활은 어떤가요?

"뮌헨은 어디로 이동하건 이삼십 분 내로 모든 게 해결돼요. 도시가 전반적으로 조용한 편이라 마음이 참 편해요. 연주자로서는 유럽 내에서 도시 간 이동이 편한 것도 큰 이점이고요. 가장 편한 건 세무사를 찾아가든, 관공서를 가든, 식당을 가든, 음악 하는 사람을 외지인으로 보지 않는다는 거예요. 이 나라 사람들은 클래식 음악에 정말로 진심이에요. 콘서트를 보러 가는 행위를 특별한 이벤트가 아니라 생활의 일부로 여긴다는 게 여전히 놀라워요."

거의 매주 연주차 뮌헨을 떠나시죠. 이번 주말에도 브뤼셀에서 공연이 열리고요. 베토벤을 연주하시나요?

"당분간 베토벤을 멀리하려고 해요. 잘 될지는 모르겠어요. 하나의 프레임에 속박되는 게 싫어서 다른 레퍼토리들을 연주하려고 해요. 연습하는 곡들은 사실 무대에서 연주하는 곡보다 훨씬 방대하죠. 가끔 어떤 곡들이 말을 걸어올 때가 있는데, 그 순간을 놓치지 않으려고 무척 애를 써요. 예를 들어 몇 년 후에 다시 베토벤의 후기 소나타에 접근한다면, 새로운 결과가 겹으로 다가와 더 촘촘하고 광활한 스펙트럼을 표현할 수 있을 거라고 생각해요."

한동안 베토벤에 몰입하셔서 그런지 제 입장에선 베토벤과 김선욱이 너무 밀접해요.

"베토벤을 할 만큼 했다기보다는 한 작곡가의 레퍼토리만 하다

보니 여러모로 고착화되는 것 같더라고요. 모르겠어요. 만들어온 틀을 깨고 싶은 마음도 있고, 잘하는 것에 더 몰두하고 싶은 마음도 있고, 반반이에요. 삼십 대가 혼란스러운 시기인가 봐요."

코로나 시기엔 어떻게 지냈어요? 공연을 많이 못 했잖아요.

"늘 하고 싶었던 지휘를 시작했어요. 더 늦으면 안 되겠다 싶었죠. 지휘는 연주와는 굉장히 다른 매력이 있어요. 커뮤니케이션을 통해서 다른 연주자들의 역량을 끌어내야 하는 일이라 제가 혼자 공부하고 연습하는 연주와는 차원이 달라요. 개인적인 성취감은 연주할 때가 훨씬 큰데, 뭔가 함께 만들어간다는 의미에서 지휘가 주는 만족감이 있어요."

지휘와 연주, 음악적으로는 어떻게 다른가요?

"머릿속에 떠오르는 사운드를 흰 종이에 그린다고 한다면, 피아노를 칠 때는 여긴 노랑, 저기는 파랑이 딱 정해져 있어요. 그런데 오케스트라를 하다 보면 노랑을 생각했던 곳에서 연주자의 성향이나 습관에 따라 파랑이 쑥 들어올 때가 있어요. 처음엔 내가 생각한 색으로 끼워 맞추려고 시도하다가도 '어, 이것도 매력이 있네', '새로운 퍼스펙티브가 펼쳐지네?' 하면서 배우게 되는 순간인 거죠. 그런 합일점을 찾아가는 과정이 재미있어요. 피아노를 칠 때 '이것 말고는 다른 답이 없어'라고 생각하면서 좁아졌던 세계가 지휘를 하면서 다시 열리는 느낌이랄까요."

언제, 어떻게 쉬시나요?

"여행도 가끔 해요. 필요한 것 같아요. 분기별로 일주일은 쉬어야겠다는 생각이 든 지도 얼마 안 됐어요. 예전에는 하루에 몇 시간 피아노를 안 치면 불안하고 두려웠는데, 요즘엔 일주일 정도 아무것도 안 하고 쉬면 오히려 충전이 되더라고요. 얼마 전에 슐로스 엘마우에 다녀왔어요. 여기서 한 시간 반쯤 걸리는 곳이에요. 옛날에 예술가나 문인들이 자주 찾던 유서 깊은 휴양지죠. 이 리조트에서 매일 연주회가 열리는데, 초청을 받으면 연주를 하고 며칠 묵으면서 휴식할 수 있어요. 삼십 대가 되니 최선을 다해서 쉬는 것도 살기 위해 필요하다는 생각이 들더라고요."

음악 하는 삶에서 가장 중요한 게 뭔가요?

"당연히 사유하는 능력을 키우는 거예요. 저는 음악을 즐기는 입장이 아니잖아요. 주어진 재료를 가지고 내 것으로 승화시켜서 설득력 있게 전달해야 하는 사람이죠. 내가 이 음악을 어떻게 바라보고 생각하는지에 대한 확고한 의지가 있어야 돼요. 그럴듯하게 꾸며서 할 수 있는 게 아니기 때문에, 어떤 한 오브젝트를 바라볼 수 있는 능력을 키워야 하는 거죠."

그런 사유를 위해 필요한 조건이 있나요?

"저는 지금 세상이 소통하는 방법과 정반대로 가고 있어요. 어떤 한 가지를 고찰하고 결과물을 내놓는 상황에서는 확실히 소셜미디어가 방해가 되긴 해요. 연주를 통해 나를 보여주는 건 자명하지만 그렇다고 꼭 드러낼 필요는 없거든요. 내가 음악적으로 줄 수 있는 걸 주고, 받을 사람이 있다면 받는 거고, 없으면 할 수 없는 거죠. 특히 요즘은 제가 사회화되기 힘든 사람이라는 걸 점점 더 분명하게 느껴요. 그래서 예전보다 더 음악에 빠져 지내고 음악과 나를 연결하려고 더 많이 노력해요. 결국 예술 하는 사람은 나밖에 볼 수가 없고, 철저하게 나밖에 몰라야 되기도 해요. 그래서 스스로 고립되는 상황을 만들어가죠."

고립을 자처하는 건가요?

"저는 그래요. 점점 더 외골수가 되어가는 것 같아요. 언제부턴가 음악으로 성공을 하거나 윤택한 삶을 살고 싶은 마음도 완전히 사라졌어요. 커뮤니케이션은 지휘자로서 단원들과 나누는 것만으로도 충족이 돼요. 그 외에는 철저히 방해받고 싶지 않아요. 지금은 오로지 음악하고 나만 남은 느낌이에요."

1
Sonatas for Violin and Piano
No. 1 D major op. 12/1
No. 2 A major op. 12/2
No. 3 E-flat major op. 12/3
2
Ludwig van Beethoven
The Violin Sonatas
Clara-Jumi Kang
Sunwook Kim

보트로프의 요제프 알베르스

드디어 보트로프Bottrop로 간다. 몇 해 전, 어느 화가의 도록에서 '보트로프'라는 지명을 발견하고는, 생소하면서도 스펠링의 조합이 귀여워서 곧장 마음에 새겨두었던 도시다. "보트로프, 보트로프…" 조용히 반복해 발음하다 보니 에센 중앙역을 출발한 버스가 40여 분 만에 목적지에 도착했다.

상상하던 도시의 실체를 목격하니 절로 기분이 들떴다. 커다란 케밥이 그려진 이슬람 음식점의 간판과 기능을 멈춘 벽돌 공장들, 한때의 활력으로 간신히 유지되고 있는 듯한 작은 도시가 애잔하게 느껴진다.

발이 닿은 정거장엔 꽤 오래되고 잘 가꾸어진 주택들이 즐비하다. 푸른 잎의 나무들이 듬직하게 이웃해 있어 더욱 아늑하게 느껴지는 동네. 거리 끝에 보이는 공원 초입에 자리 잡은 검은색의 사각형 건물을 보자 비로소 안도감이 든다. 요제프 알베르스 뮤지엄이다.

요제프 알베르스Josef Albers는 1888년 독일 북서부의 이 작은 도시 보트로프에서 태어났다. 바우하우스에서 교사로 재직하다가,

폐교 후에는 미국으로 건너가 아내 아니와 함께 블랙마운틴 칼리지를 이끌었다. 그리고 죽을 때까지 40년 넘게 미국에서 살았지만, 그에게 보트로프는 변치 않는 고향이었다.

1983년 보트로프 시는 그에게 미술관을 헌정했고, 미술관의 주소지는 아내의 이름을 따 'Anni Albers Platz 1'로 정했다. 건물은 알베르스의 작품을 알고 있는 이라면 누가 봐도 그의 미술관이라는 걸 알 수 있게 사각四角이 강조되어 있다.

"티켓 한 장 주세요!" 관람객이 나뿐인 이곳에서 어쩌면 이 티켓 한 장을 건네주는 것이 데스크의 노인이 오늘 유일하게 수행한 업무일지 모른다.

입구에서 이어진 통로를 지나 만난 새하얀 방에는 〈사각형에 대한 경의〉가 걸려 있다. 초록, 빨강, 파랑, 노랑…. 사각형과 색만을 이용해 색채가 어떻게 지각되는지를 탐구한 알베르스 예술의 결정체라 할 수 있는 위대한 시리즈다. 이상한 공백이 전시장을 메우고 있다. 더 밝은 초록색, 더 어두운 초록색이 일정한 간격을 두고 중첩되는 사이, 내 눈은 착시와 후퇴를 반복한다. 네 개의 사각형과 네 종류의 초록은 눈앞으로 다가오는 듯하다가 다시 멀어지며 무한한 감각의 소용돌이가 된다. 마침 창문으로 균일한 햇살이 쏟아져 들어오자 캔버스는 신성한 제단처럼 보이기까지 한다.

알베르스는 "색채에 대한 모든 인식은 하나의 환영을 보는 것과 같다"고 말했다. 그는 25여 년 동안 한결같이 〈사각형에 대한 경의〉를 그리며 동일한 형태 속에서 색채의 변화를 표현했다. 색에 대한 심리적 효과와 물리적 실체 간의 불일치, 어쩌면 알베르스의 철두철미하게 지적인 작업이 실은 색이라는 존재에 무한한 자유를 허용한 셈이다. 안도 다다오는 알베르스의 작업을 다음과 같이 탁월하게 표현했다.

"알베르스의 방법은 정방형 안에서 감각의 모호함을 허용하는 것이다. 그는 정방형이란 규칙 안으로 자신을 한정해 독특한 색채를 칠한다. 이때 관찰자는 작품의 미약한 진동과 확장을 감지하게 되고, 다양한 자유를 찾고자 한다."

전시장 끝에 놓여 있는 마르셀 브로이어의 의자에 앉아 미술관에 나 혼자뿐인 건 축복일까 불행일까를 생각해본다. 그사이 연둣빛으로 물이 오르기 시작한 나무들이 보이는 커다란 창문도 정사각형임을 알아챘다. 전시장 천장의 패턴과 전시장 평면도도 정사각형이다. 브로이어의 바실리 체어를 놓아둔 것도 정사각형의 비례에 가깝기 때문일 것이다. 독일스러운 견고함으로, 알베르스의 〈사각형에 대한 경의〉에 철저하게 모든 것을 바치고 있는 것이 놀라웠다.

밖으로 나와 정원을 둘러본다. 막스 빌, 마르첼로 모란디니, 도널드 저드의 조각들이 저마다 절묘한 위치에 놓여 있다. 한마디로, 나를 보려면 그만큼 수고로움을 거쳐야 보여주겠다는 심산으로 보인다. 이쯤에서 여행을 마쳐야겠다고 생각할 때, 늘 느닷없이 새로운 것이 나타나 다시 돌아보게 한다. 더 먼 곳으로, 더 깊숙이, 발견되지 않은 더 아득한 미지의 곳으로 나의 발길을, 나의 온 마음을 향하라는 듯이.

마케의 얼굴

자꾸만 다시 보게 되는 그림이 있다. 뮌스터의 예술 · 문화사 박물관, 본의 미술관, 그리고 뮌헨의 렌바흐하우스에서 아우구스트 마케August Macke의 자화상을 마주칠 때마다 늘 마음이 쓰였다. 뮌스터에서 보았던 열아홉 살 청년의 선연한 눈빛에서는 얼핏 두려움도 스치지만, 이제 막 자신이 가야 할 길을 간파했다는 듯 결연한 의지가 느껴져 신선하게 다가왔다. 무엇보다 그의 얼굴이 애처롭게 느껴지는 건, 스물일곱의 나이에 요절했다는 사실 때문이다.

"전쟁은 형언할 수 없는 슬픔"이라는 말을 남긴 그는 제1차 세계대전의 전장에서 스러졌다. 그림에서 보이는 앳된 얼굴 그대로 생이 멈추었다는 사실, 바로 거기서 모든 것이 끝나버렸다는 삶의 종말이 애틋하기만 하다. 고백컨대, 선한 눈매에 비범한 재능과 예민한 감수성이 배어 나는 얼굴은 내가 가장 편애하는 얼굴이기도 하다. 열일곱 살 무렵에 찍은 흑백 사진 속의 마케는, 평면을 뚫고 들어가 그와 진실되게 만나고 싶은 이상한 충동을 부추긴다.

본에서는 마케의 그림을 실컷 볼 수 있을 거란 기대로 부푼다. 마케는 1911년부터 삼 년 동안 본에서 살았다. 이곳에서 사랑하는 아내 엘리자베트를 만나 결혼하고 아들 둘을 낳았다. 아마도 그의 인생에서 가장 찬란한 시기였을 것이다.

"여기, 본은 진정한 연금술의 도시예요. 언제나 조용하고 진지하며 무엇 하나 눈에 거슬리지 않죠."

호흐슈타덴링 36번지, 마케와 그의 가족이 살았던 새하얀 집은 이제 '아우구스트 마케 하우스'라는 이름으로 관람객을 맞는다. 이곳에서 그는 친구들과 함께 예술에 관한 이야기를 나누고, 정성껏 정원을 가꾸며, 아내 엘리자베트가 책을 읽는 모습을 하염없이 바라보았다. 마케의 눈에 들어온 것은 언제나 그의 그림이 되었다.

화가와 그의 가족이 단란한 한때를 보낸 흔적으로 가득한 집을 찬찬히 둘러본다. 집의 구석구석을 배경으로 삼은 그림들이 할로겐 조명 아래서 잔잔하게 빛난다. 파리와 튀니스에서 건너온 이국적인 도자기와 패브릭, 직접 그린 책의 표지, 아내가 앉아 바느질을 하던 안락의자는 마케의 정물화만큼이나 단출하고 정겹다.

마케는 칸딘스키, 프란츠 마르크와 함께 청기사파의 일원이었다. 그들의 연감에 「가면들」이라는 글을 기고하는가 하면, 뮌헨에서 열린 그룹전에서는 회화의 원시성과 순수에 대한 동경을 담은 그림을 발표한다. 하지만 종국에는 칸딘스키가 밀고 간 추상성과 결별하며 구상에 더욱 몰두한다. 특히 색채 분할에 큰 관심을 가진 프랑스 화가 로베르 들로네에게 영향을 받아 빛과 색의 분해, 형상과 색의 관계를 탐구하기 시작한다.

화가로서 마케의 눈은 늘 일상의 정경으로 향해 있었다. 그의 그림 대부분은 카페에 모인 사람들, 쇼윈도를 서성이는 여인들, 눈 쌓인 거리, 공원을 거니는 연인, 곁에 두던 정물처럼 삶의 주변을 감도는 풍경이었다. 도시 생활에 대한 정서적 유대감, 가족에 대한 애정, 자연에 대한 한없는 경의가 그의 예술적 바탕이었던 것이다.

4층 건물의 마케 하우스를 한 층 한 층 오르며, 젊디젊은 화가와 더욱 친밀해지는 기분이 든다. 제2의 자아라고 표현한 아내 엘리자베트의 흔적들이 마케의 숨결이 되어 되살아난다. 갑자기 어디선가 가곡이 흘러나온다. 자세히 들어보니 브람스의 〈들판의 고독〉이다.

"내가 마치 오래전에 죽은 것처럼 무궁한 공간을 구름처럼 떠돌고 싶어라."

이렇게 끝나는 마지막 선율에서 꽃같이 스러진 마케의 꿈을 떠올린다. 그가 남긴 것과 미처 표현하지 못한 것 사이에서 많은 이야기가 솟아난다. 마음속에 복잡한 형상이 떠올랐다 사라지는 가운데서도 눈앞에서 보는 그의 그림은 너무나 아름답고 감각적이며 본능적이다. 마케의 자화상은 삶과 죽음의 완성, 꿈과 연민의 표상이 아닐까. 내게 새겨진 가장 완전무결한 예술가의 얼굴, 그가 자꾸만 떠오르는 이유다.

아우구스트 마케, 〈자화상〉, 캔버스에 유채, 1906년.

아우구스트 마케, 〈모자 가게〉,
캔버스에 유채, 1913년,
렌바흐하우스, 뮌헨.

아우구스트 마케, 〈터키식 카페〉,
나무 패널에 유채, 1914년,
렌바흐하우스, 뮌헨.

코로나 시대의 여행법

오는 줄도 모르게 4월이 왔다. 겨울에 시작한 여정이 어느덧 여기까지 이어졌다. 여행자인 내게 시간 개념은 대개 하루 단위다. 어제는 돌아볼 겨를이 없고, 내일은 계획할 여력이 없다. 오로지 오늘의 일정에 최대치의 에너지와 감정을 쏟아부어 24시간을 완수한다. 쉬어 가는 일도 마찬가지다. 휴식 역시 새로운 도시와 풍경 속에서 이루어지므로 감각은 계속해서 느직하게 긴장 상태를 유지한다.

본은 올해 독일 여행의 마지막 종착지였다. 이 도시는 처음이기에, 이곳을 준거지로 삼아 독일 서쪽의 이곳저곳을 오가며 여행할 생각이었다. 그런데 예기치 못한 일이 생겼다. 본에 도착하자마자 코로나에 걸려버린 것이다. 인후통과 고열, 근육통, 전신 무력감…. 내 몸이 이렇게까지 아플 수 있구나 싶을 정도로 심하게 앓았다. 집주인과 함께 지내던 에어비앤비의 숙소를 조용히 나와야만 했다.

본의 시내에서 조금 떨어진 바트 고데스베르크Bad Godesberg의 라인호텔 드레젠Rheinhotel Dreesen을 예약했다. 기왕에 혼자서 격리

해야 한다면 자연이 가까운 곳이 좋을 듯했다. 라인 강가에 위치한 새하얀 호텔은 오랜 역사를 간직한 듯 위용이 느껴진다.

커다란 트렁크를 끌고 들어가 체크인을 하고 있자니 헛웃음이 나온다. 그 옛날 결핵을 치료하러 자연 속으로 요양을 떠난 작가들과 코로나에 걸려 이곳까지 찾아온 21세기의 내가 오버랩되었기 때문이다. 우아한 샹들리에, 낡아서 반질거리는 리셉션의 데스크, 발자국 소리를 나직이 삼키는 꽃무늬 카펫, 묵직한 황금색 열쇠, 다이닝 룸의 고동색 옷걸이, 비스듬히 벽에 걸린 신문들….

1800년대 말에 문을 연 이 호텔은 히틀러가 유독 자주 찾았던 곳으로 유명하다. 단단한 방탄유리 너머로 라인 강이 펼쳐지는 1층의 커다란 스위트룸이 그의 전용 방이었다고 한다. 1938년에 히틀러가 뮌헨 회담에 앞서 영국의 총리 체임벌린과 체코슬로바키아의 수데텐란트를 독일에 합병하기로 합의한 것도 이곳이었다. 그레타 가르보, 찰리 채플린, 마를레네 디트리히 같은 화려한 이름들도 투숙객 명단에 올라 있는 것을 보니, 예전에는 이름깨나 날린 호텔이었던 모양이다.

혼자 묵기에 제격인 싱글룸은 클래식한 인테리어에도 불구하고 상당히 실용적이었다. 이른 아침에 겨우 눈을 뜨면, 기운을 차리기 위해서라도 조식을 청해서 먹었다. 창문 너머 보이는 붉은 목련이 내 몸 상태와는 아무 상관없다는 듯 생동하는 봄을 알리고 있었다.

약 기운이 돌면 다시 누워 잠을 잤다. 잠시 눈을 감은 듯한데 눈을 뜨면 늦은 오후였다. 아무도 없는 호텔 안뜰을 걷고 나면 답답함이 어느 정도 가시는 듯했다. 눈앞에 라인 강이 시원하게 펼쳐진 풍경을 볼 수 있는 것도 기쁨이라면 기쁨이었다. 이따금 지나가는 화물선과 페리, 시시각각 초록으로 물들고 있는 강 너머의 작은 마을이 소소한 위안을 주었다.

격리 생활을 한 지 닷새가 지난 아침, 몸이 훨씬 가벼워진 것을 느꼈다. 창문 너머로 늘 나의 시선을 끌던, 건너편 산중턱에 자리 잡은 화려한 성의 존재가 궁금해졌다. 호텔에서 만난 어느 이탈리아인 할아버지에게 그곳이 '니벨룽의 노래'의 배경이 된 마을이라는 얘기를 들은 뒤로는 더욱 호기심이 당겼다. 눈에 보이는 저만큼은 거뜬히 다녀올 수 있을 것 같았다.

강을 건너기 위해 배를 타러 갔다. 배로 마을을 건너는 일은 생각보다 낭만적이다. 선착장에서 2유로의 운임을 내고 배를 타자, 5분 만에 건너편의 쾨니히스빈터Königswinter에 도착한다.

"저 성까지는 어떻게 가나요?"

"언덕 꼭대기까지 가는 등반열차를 타야 해요."

잠깐 바람이나 쐴 겸 나왔다가 배도 타고 기차도 탄다. 이 성의 이름은 드라헨부르크 성Schloss Drachenburg으로, 지역의 부호인 슈테판 폰 자르터Stephan von Sarter 남작이 19세기 후반에 지은 개인 별장이었다. 아마도 '니벨룽의 노래'에 나오는 영웅 지그프리트가 이 언덕에서 용을 무찌르고 불사의 몸이 되었다는 전설이 전해지면서 '드라헨', 즉 '용'의 성이라는 애칭을 얻은 듯했다.

성의 외관은 뾰족한 첨탑 아래로 르네상스와 바로크 양식이 뒤섞여 테마파크처럼 화려했고, 내부는 당대의 유겐트슈틸 양식이 더해져 장식의 절정을 보여주었다. 특히 녹색과 붉은색 대리석으로 된 메인 계단은 이 성의 과시적인 성향을 매우 드라마틱하게 드러내고 있다. 독일 황제의 초상화를 비롯해 천 년 전 쾰른 귀족들의 결혼식 장면, 전투 장면, 경기 장면 등 기념비적인 벽화가 계단 주위를 온통 둘러싸며 보는 이를 압도한다.

한 개인의 강렬한 미적 취향이 만들어낸 흔적들이 나를 미로 같은 공간 속으로 계속 끌고 간다. 19세기의 지식인들이 근대적 사유에 골몰했을 서재, 재킷과 드레스를 곱게 다려 입던 드레스 룸, 나긋한 햇살이 들어오는 티룸, 핑크빛 식물 패턴이 벽을 가득 메운 침실, 시가를 나눠 피웠을 페르시안 룸, 당구대를 비추는 초록 조명, 니벨룽의 이야기가 벽화와 스테인드글라스로 펼쳐지는 회랑, 그리고 어떤 전망 좋은 방…. 느린 걸음으로 창가에 다가가 내가 지나왔던 길을 내려다본다. 이번엔 내가 묵고 있는 호텔이 원경에 걸린다.

언제부턴가 여행의 예측 불가능성을 끌어안게 되었다. 루돌프 슈바르츠Rudolf Schwarz 건축의 핵심으로 평가받는 뒤렌Düren의 세인트 안나 교회, 클레베Kleve의 온천장을 개조한 쿠어하우스 미술관, 크레펠트Krefeld 북쪽에 미스 반데어로에가 지은 두 개의 주택…. 이 꿋꿋했던 방문 계획은 모두 무산되었지만, 대신에 나는 바트 고데스베르크라는 라인 강변의 호젓한 동네와 안락한 도피

처로 제격인 드레젠이라는 느긋한 호텔에서 며칠을 부유하지 않았나. 나를 주저앉히지 않았다면, 내 세계에 들어오지 못했을 이름과 공간과 시간들….

그렇게 생각하니 나의 코로나 시절이 별로 안타깝지 않았다. 이것이 아니면 저것이 다가오는 순리, 이 명백한 진리를 깨달으며 나는 앓는 동안에도 내내 즐거웠던 것 같다.

KÖLNER HOF

RHEINHOTEL DREES
D GODESBERG

십 년 전 하루의 다음 날 같은

아티스트 천경우

천경우 작가와의 인연은 불발된 만남으로 시작되었다. 2009년 나는 일 년간 파리에서 체류 중이었고, 그는 브레멘에서 거주하고 있었다. 그해 봄에 열리는 개인전을 취재하기 위해 메일로 인터뷰를 요청했고, 그는 흔쾌히 승낙했다. 인터뷰는 브레멘에서 진행할 예정이라 떠날 채비도 모두 마친 상태였다.

그런데 그의 개인전이 서울에서 열린다는 이유로 인터뷰를 서울의 담당 기자가 진행하는 걸로 갑자기 상황이 변경되었다. 오래 전부터 그에게 묻고 싶은 것이 많았기에 아쉬움이 컸다. 그 역시 같은 마음이었는지, 얼마 후 그가 보낸 도록 한 권이 파리의 숙소로 도착했다.

아쉬운 마음이 계속 남았던 탓일까. 삼 개월 뒤 베를린으로 여행을 떠난 나는, 하루 시간을 내어 브레멘으로 그를 만나러 갔다. 브레멘을 가로지르는 베저 강가의 레스토랑에서 만나 함께 파스타를 먹고, 베저부르크Weserburg 미술관으로 향했다. 그날은 휴관일이었지만, 그의 친구인 페터 프리제 관장의 배려로 찬찬히 관람할 수 있었다.

그리고 그의 작업에 대한 이야기를 밀도 있게 나누기 위해 작업실에 들러 커피를 마셨다. 덴마크에서 구입했다는 빈티지 라운지 체어 두 개가 창가에 놓여 있고, 구상 중인 작업들의 테스트 사진들이 벽에 걸려 있었다. 무엇 하나 과시적이지 않은 단정한 작업실이었다.

때마침 그는, 무척 오랫동안 힘을 쏟아부은 중국에서의 프로젝트 'Thousands'를 마무리한 참이었다. 그는 이 작업 과정을 한 권의 책으로 담았다. 독일의 미술 전문 출판사인 하체 칸츠Hatje Cantz에서 출간된 따끈한 책에 직접 사인을 해서 내게 선물로 주었다.

2012년 그는 브레멘에서 서울로 이사했다. 하지만 심리적으로나 물리적으로 독일과의 끈을 놓지 않고 이따금 두 곳을 오가며 생활의 균형을 맞춰가고 있다.

"가끔 서울에 머물다 오거나 다른 큰 도시에 다녀왔을 때, 브레멘은 어떤 감성적 균형을 맞춰주는 곳이에요. 독일에 와서 본격적으로 정착한 곳이기 때문에 이곳을 더 만끽할 수 있는 것 같아요. 작지만 도시에서 누릴 수 있는 건 다 갖추고 있고, 익명으로 살아가기에도 편안한 곳이죠."

언젠가부터 싹튼 독일에 대한 애정으로 빈번히 긴 독일 여행을 감행하는 나에게 독일에 대한 천경우의 단상은 알게 모르게 영감의 씨앗이 되곤 했다. 수개월, 길게는 몇 년 만에 그를 만날 때면 그간 진행한 작업과 일상의 소소한 이야기, 그사이 다녀온 서로의 독일 방문기가 안부처럼 오갔다. 지면에 싣기 위해 몇 번의 공식적인 인터뷰를 하기도 했지만, 오히려 명분 없이 나눈 이야기들이 만남의 횟수만큼 깊은 폭으로 쌓여 갔다.

유럽에서 코로나가 조금 진정될 무렵 몇 년 만에 독일에 다녀온 그와 마주했다. 에센, 뒤셀도르프와 브레멘. 그가 살았던 도시에서 오랜 친구들을 만나보고 왔다고 했다.

"브레멘에서 매일 걷던 길을 걸었어요. 예전 작업실도 가보고요. 길을 걷는데, 십 년 전 하루의 다음 날 같은 느낌이었어요. 코너를 돌면 그곳에 내 자전거가 있을 것 같더라고요."

20여 년의 독일 생활 중 13년을 보낸 도시 브레멘은 그의 인생에서 지리적으로나 심리적으로 중요한 좌표가 된다.

"브레멘에서 보낸 시간은 작가로서 성장하는 중요한 시기였어요. 다른 나라의 도시에서 실현된 작품들도 많지만, 그 작품들을 구상하고 추진한 건 대부분 브레멘의 집과 작업실이었어요. 그게 가능했던 건 서두르지 않는 일상의 속도와 생각을 숙성시킬 수 있는 루틴을 확보할 수 있었기 때문인 것 같아요."

그가 왜 독일로 떠났는지, 어떤 기대감이 있었는지, 내 안에 오래 묵혀둔 질문을 꺼냈다.

"어린 시절부터 막연히 유럽 문화에 대한 호기심이 있었어요. 88올림픽 때 여의도 강변에 독일 정부가 임시로 설계한 쿤스트디스코라는 문화공간이 있었는데, 그곳에서 독일의 슈토크하우젠이나 루이지 노노, 크세나키스 같은 유럽의 현대음악을 처음 경험했어요. 이듬해 모험 같은 첫 유럽 여행을 마치고 돌아오는 비행기 안에서 유럽으로 떠날 결심을 했죠. 이후 사진 외에 현대음악, 현대무용 등 다양한 표현 매체에 관심이 생기면서 독일의 플럭서스 예술가들, 특히 요셉 보이스에 매료됐어요. 대학 시절 독일에서 연주차 방한한 작곡가 심근수, 게르하르트 슈태블러와의 교류도 자연스럽게 독일로 향하는 데 영감을 준 것 같아요. 한국에서는 미국이나 일본이 문화적 영향력을 행사하는 주류였지만, 독일은 뭔가 더 진보적이고 충돌적으로 느껴졌죠."

오랜 시간 독일에서 생활하고 사유한 그가 생각하는 독일의 미감은 무엇일까? 어쩌면 내가 이 책을 쓰게 된 명확한 이유를 확인할 수 있을지도 모른다고 생각했다. 한참을 고민하던 그가 이렇게 대답했다.

"비교하자면 일상의 풍경이 감각적인 프랑스나 스페인처럼 세련되게 보이지는 않지만, 혁신적인 사고와 현대미술, 음악과 디자인 교육의 뿌리는 독일에 두고 있는 경우가 많아요. 플럭서스나 바우하우스처럼요. 하지만 평범한 독일인들은 아직도 19세기 낭만주의 시대의 예술에 깔려 있는 미감에 익숙해요. 스스로 자초했지만 20세기 전후의 상처를 보듬는 듯한 묵직하고 깊이 있는 정서 말이죠. 아직도 독일 사람들은 카스파어 프리드리히의 그림을 사랑하고 슈만과 브람스의 음악을 즐겨 들어요. 괴테나 실러의 문학에 대한 자부심도 상당하고요. 다른 주변의 유럽 국가들에 비해 역사가 짧은 독일은 68세대 이후 문화와 교육에서 더욱 개방적이고 진보적인 분위기를 형성해왔어요. 외국인을 차별하지 않고 수용하는 태도도 같은 맥락이라고 봐요. 그래서 세계 각지의 현대미술가들이 모여들고 오늘날까지 현대미술의 중심이 되고 있지요."

올해 봄, 길고 긴 독일 여행의 여정 중에 브레멘에서 한나절을 보냈다. 디자이너 빌헬름 바겐펠트의 고향임을 알리는 자그마한 뮤지엄, 우아하고 전통적인 컬렉션으로 도시의 부를 드러내고 있는 쿤스트할레를 둘러보는 것만으로도 촉박한 시간이었다. 분주한 걸음으로 도시의 중심을 걷는 사이 나에겐 보이지 않는, 결코 볼 수 없지만 분명 브레멘에 존재하는 작업 하나가 내내 마음속에서 맴돌았다. 그 작업은 다름 아닌 브레멘의 50개 거리 땅속에 묻힌 에너지 파이프라인에 백 개의 문장을 적은 것이었다.

천경우 작가는 브레멘 시 에너지공사의 엔지니어 백 명에게 타인에게 힘과 온기를 전할 수 있는 글귀를 요청했고, 물리적인 에너지를 공급하는 파이프라인 표면에 그 문장들을 하나둘씩 새겨 넣었다. 누가 누구에게 어떤 마음으로 그 글귀를 전했는지는 공개되지 않았다. 땅속에 묻힌 작업의 타이틀이 '보이지 않는 말들Die Unsichtbaren Worte'이라는 것만 알려졌을 뿐.

"제 작업실이 에너지공사 발전소 바로 옆이었어요. 매일 자전거를 타고 오가면서, 발코니에 앉아 담배도 피우며 에너지에 대한 생각을 좀 오랫동안 했어요. 매년 겨울이 되면 모든 미디어에서 에너지 비용에 대해 이야기해요. 그건 삶의 물질적인 조건에 대한 두려움에서 기인하는 거잖아요. 궁극적으로 에너지는 인간에게 꼭 필요한 물질이지만, 그 못지않게 비물질적인 조건, 이를테면 정서적인 연대감도 중요하다고 생각했어요. 그걸 전달할 수는 없을까? 이 낯선 프로젝트에는 재정적인 준비와 여러 기관의 협조가 절대적이었기 때문에 일 년간 설득하고 기다렸죠. 땅속에 묻혀서 보이지도 않을 예술작품을 실현하기 위해서 수많은 사람들을 움직이고 재정 지원까지 받는 일은, 문화 의식이 높은 독일이 아니라면 쉽게 도전하지 못했을 거예요. 결국 2011년에 프로젝트가 시작됐고 4년 만에 완성했어요. 80여 년 후 파이프 교체를 위해 땅을 파보면 대부분이 남아 있을 거예요."

그가 기억에 남는다며 들려준 몇 개의 글귀는 이런 거였다.

"꿈을 꾸지 말고 꿈을 살아라."

"아침에 친구를 생각할 수 있다는 건 하루가 잘 될 거라는 약속이다."

"인생의 큰 변화는 두 번째 기회일 수 있다."

끝끝내 볼 수 없었기에 더욱 호기롭게 특별한 예술적 경험이라고 말할 수 있는 그날의 기억은 미술관에서 본 그 어떤 작품보다도 강렬하게 남아 있다.

한 아티스트와 미감에 대해 같은 맥락을 짚어가는 일은 무척이나 애틋한 일이다. 그리고 독일이라는 커다란 주제 안에서 각자의 개인적인 서사를 교집합으로 두고 있다는 것 역시도…. 어디서건 어떤 주제건 대화가 둥글게 시작될 수 있을 것 같은 동질감 속에는 독일에 대한 복잡하고 희미한 애정이 녹아 있다.

Joseph Beuys
Kyungwoo Chun

Hotel Pension Funk
호텔 펜션 풍크

1930년대 독일 무성영화 시대의 유명 배우 아스타 닐센이 살았던 집을 되살린 호텔. 열세 개의 방이 모두 다른 디자인과 규모를 갖추고 있다. 1930년대의 가구와 벽지, 기물들을 그대로 사용하고 있어 투숙하는 동안 마치 시간여행을 하는 듯한 기분을 느낄 수 있다. 호텔 곳곳에 아스타 닐센의 전성기 사진들이 걸려 있다.

hotel-pensionfunk.de

p.18

Mies van der Rohe Haus
미스 반데어로에 하우스

1932년 건축가 미스 반데어로에가 베를린에 지은 개인 주택. 아트 딜러였던 카를 렘케가 의뢰했다. 오버제 호숫가에 지은 L자형 주택으로 벽돌과 커다란 창이 어우러져 개방적인 느낌을 준다. 현재는 집의 형태와 구조를 살려, 건축 및 디자인 관련 전시 공간으로 사용하고 있기 때문에 누구나 방문할 수 있다. 미스의 대작들과 대조되는 작은 규모의 주택이라 더욱 값지게 다가온다.

miesvanderrohehaus.de

p.26

Dessau Bauhaus
데사우 바우하우스

바이마르에서 옮겨간 데사우에 1926년 세워진 바우하우스 건물 및 단지를 일컫는다. 교장이었던 발터 그로피우스가 설계했다. 철근 골조에 유리로 외피를 입힌 커튼 월 구조로서, 바우하우스 모더니즘의 상징과도 같은 건물이다. 학교, 기숙사, 마이스터 하우스 등을 포함하고 있으며, 1996년에 유네스코 문화유산으로 등재되었다. 기숙사 건물은 방문객들이 묵어갈 수 있는 숙소로도 사용되고 있다.

bauhaus-dessau.de

p.40

Spinnerei
슈피너라이

라이프치히 서쪽에 자리 잡은 이곳은 19세기 말에 세워진 유럽 최대 규모의 면화 방직공장 단지다. 생산이 중단된 이후 2001년경부터 예술가들이 하나둘씩 들어와 작업실로 쓰면서 문화공간으로 탈바꿈했다. 갤러리, 극장, 미술품 상점, 스테이 등이 들어서 관광지로도 주목받고 있다. 독일의 대표적인 화가 네오 라우흐가 이곳에서 작업하고 있다.

spinnerei.de

p.50

Martin Glanz Mobiliar
마틴 글란츠 모빌리아

20세기 초반의 유럽 빈티지 조명과 가구를 판매하는 쾰른의 숍. 주인인 마틴 글란츠의 사적인 취향이 담긴 밀도 있는 컬렉션이 눈에 띈다. 특히 디자이너 조 콜롬보, 안젤로 오츠니, 티토 아뇰리의 램프를 제조한 이탈리아 브랜드 올루체Oluce의 초기 오리지널 제품들을 주로 다룬다. 독일, 덴마크, 벨기에에서 만들어진 가구 카테고리도 흥미롭다.

martinglanz.de

p.58

MKM
Museum Küppersmühle
MKM 뮤지엄

뒤스부르크의 오래된 곡물 창고를 개조해 만든 컨템퍼러리 뮤지엄으로 스위스의 건축가 듀오 헤어초크와 드뫼롱이 맡았다. 부두를 따라 늘어선 거대한 벽돌 창고 건물은 주변의 산업시설물들과 묘한 조화를 이룬다. 미술관 내부에 살려둔 산업시설의 흔적들을 살펴보는 것도 색다른 묘미를 준다. 2021년부터 선보인 슈트뢰허 컬렉션도 일품.

museum-kueppersmuehle.de

p.64

Zollverein
촐페라인

1851년 에센에 세워진 유럽 최대의 탄광 시설. 현재는 루르 뮤지엄, 레드닷 디자인 뮤지엄을 비롯해 문화, 예술 시설이 들어서 있다. 높이 55미터의 12번 수직갱도 권양탑의 거대함, 낡은 탄광 시설물에서 느껴지는 구조미, 현대적으로 재해석한 건물의 색다른 미감 등 세상 어디서도 볼 수 없는 촐페라인만의 미학을 만끽할 수 있는 곳.

zollverein.de

p.64

Skulpturenpark Waldfrieden
발트프리덴 조각공원

영국의 조각가 토니 크랙이 2006년 부퍼탈의 삼림 지대인 발트프리덴에 만든 조각공원. 드넓은 숲속에 거대하게 소용돌이치는 토니 크랙의 조각을 비롯해 리처드 디콘, 헨리 무어, 빌헬름 문트 등의 작품들이 전시되어 있다. 1940년대에 숲 한가운데 세워진 '하우스 발트프리덴'의 조각 같은 유기적인 건축물을 보는 것도 귀한 경험이 된다.

skulpturenpark-waldfrieden.de

p.72

Lehmbruck Museum
렘브루크 뮤지엄

독일 근대 조각을 대표하는 빌헬름 렘브루크의 작품세계를 기리고자 1964년 뒤스부르크에 건립한 미술관. 노출 콘크리트 구조에 중정을 통해 쏟아지는 빛의 대조가 렘브루크의 비극적인 조각을 더욱 드라마틱하게 보여준다. 특히 이 건물은 그의 아들인 건축가 만프레드 렘브루크가 지어 애틋한 가족사를 엿볼 수 있게 한다. 알렉산더 칼더, 토니 크랙, 도널드 저드 등 현대조각 컬렉션도 알차다.

lehmbruckmuseum.de

p.86

Forsthaus

포르스트하우스

브란덴부르크 주의 슈트렐리츠에 위치한 농가형 스테이로 베를린에서 한 시간 반 정도 소요된다. 과거 마구간으로 쓰던 건물을 각기 다른 규모와 디자인의 객실로 꾸며 투숙객들을 맞이한다. 미리 예약하면 농가에서 기른 채소와 고기로 요리한 디너 코스를 맛볼 수 있다. 아침에는 이곳에서 직접 만든 버터와 빵, 잼을 곁들인 건강한 조식이 제공된다.

forsthaus-strelitz.de

p.92

Galerie Ulrich Fiedler

갤러리 울리히 피들러

베를린의 샤를로텐부르크에 위치한 디자인 갤러리. 35년여 동안 디자인 가구 컬렉터로 활동한 울리히 피들러가 운영하고 있다. 미스 반데어로에, 샤를로트 페리앙, 마르셀 브로이어 등 모더니즘 디자이너들의 초기 프로토타입 제품을 주로 취급한다. 그의 컬렉션을 기반으로 한 정기적인 전시도 열리고 있다. 무척 희귀한 아이템들을 볼 수 있는 곳으로 예약을 해야 방문할 수 있다.

ulrichfiedler.com

p.100

Kunstmuseum Schloss Derneburg

데르네부르크 뮤지엄

과거 수도원과 수녀원으로 사용되던 하노버 근교의 성. 미국의 컬렉터 앤드루와 크리스틴 홀 부부가 뮤지엄으로 만들었다. 건물에 서린 종교적인 분위기와 더불어 1970년대부터 화가 게오르크 바젤리츠가 작업실로 쓰면서 독특한 예술적 무드가 스며들었다. 안젤름 키퍼, 수전 로젠버그, 헤르만 니치 등 묵직하면서도 감각적인 컬렉션이 일품이다.

hallartfoundation.org

p.108

Charlottenburg Schloss

샤를로텐부르크 성

1699년 프리드리히 3세가 아내 소피 샤를로테를 위해 지은 여름 별장. 아내를 위해 지은 궁전답게 우아하고 사랑스러운 장식이 돋보인다. 온통 중국과 일본의 도자기로만 꾸민 도자기방은 일종의 강박과 열망이 낳은 분더카머로 느껴진다. 커다란 프랑스식 정원과 정원 끝의 호수를 천천히 거니는 것도 즐거운 경험이다.

spsg.de/startseite/

p.125

Bröhan Museum

브뢰한 뮤지엄

수집가인 카를 하인츠 브뢰한의 컬렉션을 기반으로 한 가구, 세라믹, 공예품 뮤지엄. 아르누보, 아르데코, 유겐트슈틸 양식의 진귀한 가구들을 집중적으로 수집한 브뢰한의 열정을 느낄 수 있는 곳이다. 순수미술과는 달리 일상생활에서 사용되는 장식미술의 스케일과 멋을 만끽할 수 있다.

broehan-museum.de

p.128

BERGGRUEN MUSEUM

베르그루엔 뮤지엄

유대인 컬렉터 하인츠 베르그루엔의 컬렉션을 모아놓은 뮤지엄. 피카소, 파울 클레, 마티스의 작품들이 총망라되어 있다. 특히 피카소와 진한 우정을 나누며 모은 그의 초창기 작품부터 말년작에 이르기까지 120점에 달하는 피카소 컬렉션이 압권이다. 2022년 10월부터 도쿄, 베이징, 파리 등 순회전에 돌입했으며 미술관은 리노베이션을 거쳐 2025년에 재개관할 예정.

smb.museum/home/

p.130

WEIMAR BAUHAUS

바이마르 바우하우스

1919년 바우하우스가 출범한 곳으로 앙리 반 데 벨데가 지은 건물이 지금도 남아 있다. 오스카어 슐레머가 그린 계단 벽의 그림, 헤르베르트 바이어가 디자인한 벽화 등 당시의 흔적들을 엿볼 수 있다. 무엇보다 바우하우스의 교장 발터 그로피우스가 사용했던 방은 가구와 카펫, 조명 등이 완벽하게 재현되어 있어 꼭 살펴봐야 할 공간이다. 그로피우스의 방은 가이드 투어를 신청해야만 관람할 수 있다.

uni-weimar.de

p.134

HAUS AM HORN

하우스 암호른

1923년에 바이마르에서 열린 바우하우스 전람회를 위해 게오르크 무헤가 건축한 주택. 콘크리트와 강철을 이용해 가장 단순한 형태인 정사각형 구조로 지어 대량 생산이 용이한 현대 주택의 모델을 구현했다. 마르셀 브로이어가 디자인한 가구와 의자, 알마 지그호프 부셔가 만든 어린이를 위한 가구 등 기능에 충실한 바우하우스적 미감이 남아 있는 곳이다. 동절기에는 문을 열지 않으니 확인 후 방문할 것.

klassik-stiftung.de/haus-am-horn

p.137

SCHLOSSHOTEL BERLIN BY PATRICK HELLMANN

패트릭 헬만의 슐로스호텔 베를린

베를린 외곽의 숲 그뤼네발트에 있는 호텔. 뮌헨 출신의 변호사가 살던 저택을 개조한 곳이다. 카를 라거펠트가 호텔의 곳곳을 디자인한 것으로 유명하다. 화려함과 우아함이 공존하는 곳으로 조용한 주택 단지에 위치해 있어 편안한 휴식도 가능하다. 영화 〈클라우즈 오브 실스마리아〉의 촬영지이기도 하다.

schlosshotelberlin.com

p.142

THE QVEST KÖLN

더 크베스트 쾰른

쾰른의 디자인 호텔. 19세기에 쾰른 시의 문서 보관소로 사용된 건물을 호텔로 개조했다. 모든 방의 구조와 디자인이 제각기 다른 것이 특징이며, 조지 넬슨, 찰스&레이 임스, 조 콜롬보, 아킬레 카스텔리오니 등의 가구로 채워져 있다. 매번 다른 방에 묵어보고 싶어 내가 해마다 찾는 곳이기도 하다.

qvest-hotel.com

p.148

KOLUMBA MUSEUM

콜룸바 뮤지엄

건축가 페터 춤토르가 설계한 쾰른의 미술관. 제2차 세계대전으로 폐허가 된 성당 위에 회색 벽돌을 올려 지어 2009년에 문을 열었다. 페터 춤토르 특유의 장인적인 건축 기법, 명상적인 공간감, 풍부한 자연광을 탁월하게 구사한 건물이다. 중세의 성화·성상과 요셉 보이스, 리처드 세라, 빅토리아 벨 등의 현대미술을 함께 볼 수 있다. 건축물과 컬렉션의 결합이 하나의 보석처럼 느껴지는 곳.

kolumba.de

p.157

INSEL HOMBROICH MUSEUM

인젤 홈브로이히 뮤지엄

미술품 컬렉터 카를 하인리히 뮐러가 노이스 지역의 넓은 대지를 사들여 예술과 자연을 경계 없이 만날 수 있도록 지은 미술관. 오솔길과 나무숲을 거닐면서 자연 속의 전시장을 하나씩 발견하다 보면 예상치 못한 감동을 느낄 수 있는 곳이다. 관람객이라면 누구나 들러서 쉬어갈 수 있는 카페테리아엔 유기농으로 기른 사과와 빵, 커피가 있다. 몇 개의 전시장 건물은 현재 리노베이션 중이므로 웹사이트에서 확인해볼 것.

inselhombroich.de

p.166

ALTE PINAKOTHEK

알테 피나코테크

1836년에 완공된 뮌헨의 미술관. 14세기부터 18세기까지의 유럽, 특히 독일의 회화들을 전시하고 있다. 유명한 알브레히트 뒤러와 렘브란트의 자화상, 마담 퐁파두르의 초상화 등을 소장하고 있다. 건축가 레오 폰 클렌체가 지은 특유의 고전주의 양식 건물에서는 그리스적인 단정한 비례감을 느낄 수 있다. 뮤지엄 카페에서 브런치를 먹거나 차 한잔 마시고 긴긴 관람을 시작하길 추천한다.

pinakothek.de

p.174

MUSEUM VILLA STUCK

뮤지엄 빌라 슈투크

상징주의 화가 프란츠 폰 슈투크가 자신의 이상향을 구현하기 위해 1898년에 완공한 뮌헨의 빌라. 현재는 미술관으로 사용하고 있어서 누구나 이 화가의 예술적 집념이 결집된 물리적 실체를 관람할 수 있다. 프란츠 폰 슈투크의 대표작들은 물론 비정형 곡선, 복잡한 식물 패턴 등이 특징인 19세기 말의 유겐트슈틸 장식들을 경험할 수 있다.

villastuck.de

p.190

JOSEF ALBERS MUSEUM, QUADRAT BOTTROP

요제프 알베르스 뮤지엄

바우하우스 출신으로 훗날 미국의 블랙마운틴 스쿨을 이끈 요제프 알베르스의 뮤지엄. 그가 태어난 보트로프에 위치해 있다. 대표작인 〈사각에 대한 경의〉의 다양한 시리즈들이 전시되어 있으며, 그에게서 영감을 받은 여러 추상작가들의 기획 전시가 열린다. 정사각형을 모티프로 한 건물의 구조와 가구, 창문의 비례가 인상적이다.

quadrat.bottrop.de

p.212

August Macke Haus
아우구스트 마케 하우스

화가 아우구스트 마케가 1911년부터 본에 거주하면서 그의 가족과 함께 살았던 곳. 현재는 마케의 미술관으로 사용하고 있다. 전쟁에 나가 스물일곱 살의 나이에 요절한 그가 아내 엘리자베트, 두 아들과 짧은 행복을 누린 곳으로 소박하고 따듯한 정감이 느껴진다. 책 읽는 아내, 정원의 아내를 그린 화사한 그림들과 그가 쓴 편지들, 책의 삽화들이 빼곡히 전시되어 있다. 마케의 작품을 더욱 풍성하게 만날 수 있는 곳.

august-macke-haus.de

p.218

Rheinhotel Dreesen
라인호텔 드레젠

바트 고데스베르크에 위치한 호텔로 1800년대 말에 문을 연 호텔. 라인 강가의 유서 깊은 호텔로 굳건히 자리를 지키고 있다. 히틀러가 자주 찾아 휴식했던 곳으로 유명하며 그가 전용으로 이용하던 스위트룸이 있었다고 한다. 그레타 가르보, 찰리 채플린 같은 화려한 이름들도 투숙객 명단에 있을 정도다. 본 시내에서 떨어져 있어 오래된 호텔이 주는 무드 속에서 조용한 휴식을 즐기기에 제격이다. 새하얀 호텔 건물이 고전미를 더한다.

rheinhoteldreesen.de

p.224

Schloss Drachenburg
드라헨부르크 성

19세기 후반에 슈테판 폰 자르터 남작이 쾨니히스빈터의 드라헨펠스에 지은 빌라. 맞은편 라인 강가에서도 이 성의 위용을 볼 수 있다. 바로크 스타일의 외관, 유겐트슈틸 양식의 실내 장식은 화려함의 결정체를 보여준다. 성에 올라가 내려다 보이는 라인 강 풍경은 놓치지 말아야 할 포인트. '니벨룽의 노래'의 배경이 된 곳이기도 하다.

schloss-drachenburg.de

p.226

독일 미감

초판 1쇄 발행 2022년 12월 10일

지은이	박선영
펴낸이	김철식
펴낸곳	모요사
출판등록	2009년 3월 11일 (제410-2008-000077호)
주소	10209 경기도 고양시 일산서구 가좌3로 45, 203동 1801호
전화	031 915 6777
팩스	031 5171 3011
이메일	mojosa7@gmail.com
ISBN	978-89-97066-78-0 03810

사진 제공	© Kyungwoo Chun	238쪽, 239쪽, 240쪽, 241쪽
	© 최다함	161쪽, 162쪽, 163쪽, 164쪽, 165쪽
	© Sen Chung	84쪽, 85쪽
	© Philipp Langenheim	36쪽, 37쪽, 38쪽, 39쪽
